风吹叶落

高月　著

敦煌文艺出版社

图书在版编目（C I P）数据

风吹叶落 / 高月著. -- 兰州 ：敦煌文艺出版社，2021.3（2022.2重印）
ISBN 978-7-5468-2023-1

Ⅰ. ①风… Ⅱ. ①高… Ⅲ. ①中篇小说－中国－当代 Ⅳ. ①I247.5

中国版本图书馆CIP数据核字（2021）第048900号

风吹叶落
高　月　著

责任编辑：李　佳
装帧设计：董淑金

敦煌文艺出版社出版、发行
地址：(730030)兰州市城关区曹家巷 1 号新闻出版大厦
邮箱：dunhuangwenyi1958@163.com
0931-8152198(编辑部)
0931-8773112　0931-8773235(发行部)

北京一鑫印务有限责任公司印刷
开本 880 毫米×1230 毫米　1/32　印张 3.875　插页 2　字数 91 千
2021 年 4 月第 1 版　2022 年 2 月第 2 次印刷
印数：501~2 500

ISBN 978-7-5468-2023-1
定价：20.00 元

目 录

第一章　遇见

傍晚，星空璀璨。

某影视学院中，常辉在操场上散步。他隐约看见一个女孩，急匆匆地朝他的方向跑过去，因为路灯光线较暗，他无法看清女孩的面孔，直到女孩与沉浸在思考中的他迎面相撞……

“对不起，对不起，撞到你了。”女孩匆匆站起来，抱着一堆资料，抱歉地看着常辉。

“没事。你没事吧？”常辉看着她，“这么着急干吗去呀？”

“尚老师让我今天给他送资料，本来早上我就该送去，结果早上课排满没时间了，现在过去也不知道来不来得及……哎呀，不说了，我先走了！真的不好意思。”

“别跑了，我认识尚老师，我帮你去送，晚上一个人跑那么快很危险的。”

“嗯，那谢谢你……对了……怎么称呼？”

“噢，我叫常辉，大四学生。”

“师哥你好，我叫林芋熙，大一。”

在夜晚路灯灯光的衬托下，林芋熙的笑容显得更加迷人，常辉不知不觉就沉浸其中了。

“那我先走啦，谢谢你师哥。”

常辉继续慢慢走在操场上，回味之前那迷人的微笑，直到一个电话打断思绪。

“喂？小珺，怎么了？”

“这两天还好吧，你已经一个星期没给我打电话了。”

“这两天事比较多，怎么？这么快想我啦？前两天你生日不是刚见过吗？”

“没事，单纯地打个电话，没打扰你吧？”

“没有，我在散步。”常辉突然发现手中的材料，“先挂了，我去送个材料。”

“好吧。”

站在路灯下，常辉又想起了那个微笑，他笑了笑。可惜，这个笑容不可能是他的……

第二天，在饭堂，常辉又看见了那个微笑。林芋熙坐在室友边上，和室友说说笑笑。

看见常辉愣在那，一旁的赵珂好奇地围着他转了一圈，带点八卦语气地说：“哎哟，这是看到谁啦，看看这小眼神。”

“谁……谁的小眼神，吃饭，吃饭。”

“哥，咱坐哪？”

“你想坐哪？”

“我在问你呀哥。”

“那就坐……三号桌。”

赵珂看了看三号桌，林芋熙她们就坐在那，“你还狡辩，哥，你一定是为了那边某一个女孩！”

“你走开，我就是喜欢坐那怎么的？”常辉带着一点挑衅地笑了笑。

“好好好，你是老大，都听你的！谁让你生得比我早那么多。”

“赵珂，要懂得孝敬长辈，知道吗？”

“生得比我大几个月真把自己当老大了。”赵珂不屑地小声说。

“师哥！我看你站了好久了，是找不到好位置坐吗?”林芋熙发现了在一旁纠缠不清的兄弟俩，“要不来这里坐？这里正好还有两个位置。”

“可以，常辉正好……”赵珂抢先回答，却被常辉捂住了嘴。

“那就坐这里吧。”常辉对林芋熙笑了笑，又转过来瞪了一眼赵珂。

“昨天谢谢你，师哥，不是你我还真来不及，我才刚来这里，校园结构都还没搞清楚呢，昨晚差点迷路了……”

“没事，应该的。”

“对了，介绍一下，这位是大四的常辉师哥，这位是?”

“赵珂，他室友。”赵珂接了下去。

常辉和林芋熙互相对视了一眼，又继续说说笑笑。

饭后，常辉、赵珂都没课，他们又在操场上悠闲地散步。

“常辉，你不是有女朋友吗，还想要?”赵珂突然挑起这个话题。

“我什么时候说过要让林芋熙做我女朋友了?”

“就你刚刚的眼神，想看不出都难。”

“这都什么和什么啊，我眼神怎么了，我们俩的举动很暧昧吗?”

“难道不暧昧吗?”

“你走开。”

这个话题停止后，两人突然安静了。常辉又回味起那个微笑，低下头，嘴角微微上扬。赵珂盯着他，嘴角也微微上扬，八卦地笑。

“你干吗？没见过帅哥啊！”常辉发现了一直死盯着自己的赵珂。

“就你，还帅哥！”

“我怎么了我！”

以下省略一千个字……他们讨论了一上午常辉是不是帅哥这个话题……

“欸，要到她电话没？”赵珂突然把话题调转回来。

“什么电话？”

“刚刚那个学妹啊！”

“你怎么又拐回来了！”常辉惊讶于赵珂的话题调转能力，“没有，你想干吗？”

“你们发展也太慢了吧！”

“这都什么跟什么啊！我什么时候说我们在发展了！我女朋友是熊珺！”

“好了，不跟你犟了，不承认就算咯，上课去！”

第二章　合作

“常辉，我觉得你不适合演李志斌啊……”万庄看着他，“要不试试别的角色?”

“那您觉得我适合什么角色?”

“你演一下赵希璇这个角色我看一下，读一下这两句。”

常辉接过剧本，看着剧本上两句话。既然扮演李志斌不成功，他觉得扮演别人也不会成功，干脆就搞怪一下。

常辉搞怪地笑笑，非常不认真地读出这句话。

谁想万庄突然表情大变，眉头微微舒展，嘴角轻轻上扬，还点了点头。

“常辉，就这么定了，你演赵希璇!”万庄语气中带着一点欣慰，上前和他握握手，“欢迎加入《心系彼此》剧组!”

选上了？这幸福来得也太突然了吧！常辉兴奋地笑了笑，“谢谢导演！那什么时候开机?”

“过几天我会通知你的。”

“好的好的，谢谢导演。”

几天后，常辉接到了万庄的电话。

“常辉，《心系彼此》快开机了，演员差不多都安排好了，就是你的CP韩叶枫这个角色没人演，你看你们学校有没有那种“霸气侧漏”的学姐介绍一下。”

学姐？有没有搞错？他现在大四，学姐就是研究生了！人家哪有时间啊……

“那……我试试吧。”

“嗯，找到了明天进组的时候带过来。”

电话挂断后，常辉就被叫去玩游戏了，然后就没有然后了……

第二天，常辉突然想起来了什么……哦不，“霸气侧漏”的学姐还没去找呢！怎么办？

常辉在宿舍楼下来回转圈。这叫什么事嘛！

“师哥？干吗呢？”一个温柔的声音传过来。

“没……没干吗。”常辉转过来看见林芋熙，心想找不到学姐，学妹也可以吧……“熙熙，今天下午有课吗？”

“没有啊，怎么了师哥？”

“我这里有一个面试，你有没有兴趣？”

“面试？什么面试？”

“《心系彼此》。”

“那是什么？《心系彼此》是一部电视剧，快开拍了女主角还没定。你能不能去面试一下，就当帮师哥完成一个任务。”

“可是我不是表演系表演班的，真的可以吗？”

“可以啊，当然可以。”常辉笑了笑，“对了，你去打扮一下，打扮得成熟一点，我在这里等你。”

“好的。”

等到林芋熙再次出现在常辉面前，常辉被惊艳到了。眼前的这个御姐真的是曾经认识的林芋熙吗？他自己都不确定。

“怎么啦师哥，被我吓到啦？”林芋熙用手在常辉面前晃了晃，“怎么傻了？”

“没事没事，走吧。”常辉慢慢从台阶上站起来，眼神还是惊讶的……

“常辉，你来啦，有没有带人来面试？”万庄正坐在椅子上修改着剧本中的细节。

“带来啦，看。”

“导演您好。”

万庄眼前一亮，“吴涌，过来，面试啦！”叫了一会没人说话，万庄站起来，“不好意思，稍等。老吴——”

“干啥？我抽烟呢。”

“你能不能戒掉？整天抽烟。”

“哎呀我不抽一点写不出来。”吴涌走进摄影棚，“哇，这位是？”

“我学妹，林芋熙。”

“导演您好！编剧您好！”林芋熙温柔地向他们问好。

万庄把常辉拉到一边，“常辉，这么温柔的女孩，你确定……”

“您怎么知道她演不好，她可厉害了！她……”

“乱七八糟！你们简直是胡闹嘛！我都说过了，那个东西必须要！”一旁传来林芋熙面试的声音，常辉惊讶地看着她，这还是他认识的林芋熙吗？她不是很温柔友善的吗？但是如果不是，眼前这位霸气御姐是谁呢？过了一会儿，他又露出欣慰的笑容。

“我说什么来着，她很厉害的！”

万庄的表情立马就变了，“没想到你这小子看人还挺准啊！”

“那当然！我是谁啊！”常辉得意地笑笑。

“行，就她了！”

“熙熙，你被选上了，”常辉给她抛了个媚眼，“韩叶枫！”

“真的吗？谢谢导演！”林芋熙向导演鞠躬后，和常辉一起走出了摄影棚。

“不错嘛熙熙，做梦都没想到你会被选上！”常辉想起刚刚和万庄说的话，其实说那些话他自己都没有底气。

“对了师哥，你还没告诉我你演什么呢！”

“我？你的CP，赵希璇。”

“哇，那太好了，我还怕CP是个陌生人我发挥不出实力来，”林芋熙更加高兴了，“这样就不怕了！”

常辉看着她开心，自己也笑了。他真的做梦都没想到，他可以以另一个身份去拥有那个女孩。

第三章　牵手

“常辉！”刘嘉敏跑过来八卦地笑了笑，“听说韩叶枫这个角色是你给介绍的？”

“对啊，怎么了？”

“她人呢？我还没见过她呢。”刘嘉敏东张西望了一下，“常辉，那个女孩该不会是熊珺吧？”

“不是啊，她又不是咱们学校的。”

“那是谁？你不会真找了个研究生吧。”

“没有！”常辉看见迎面走来的林芋熙，“她来了！”

“师哥！”林芋熙跑过来，“这位是？”

“我同学，刘嘉敏。”

“噢，师姐你好！”

“小师妹？”刘嘉敏看了林芋熙一眼，这位小师妹怎么看怎么温柔，为什么会被选上演韩叶枫呢？“你好，祝我们合作愉快！”

“好，合作愉快！”

“常辉，韩叶枫在剧中是老大，但是貌似这位小师妹是全组最小的啊！”

“你要相信她的爆发力，导演选中的人肯定不会错！”

“好吧好吧。”

林芋熙第一场戏，别的主角都不需要上场，全躲在监视器后面看她，刘嘉敏不得不感叹，常辉看人是真的没错！常辉得意地笑了好久。

一转眼，这一天就过去了，那个傍晚，仍旧星光璀璨。

剧组主演约出去一起散步，聊聊天促进彼此关系。

又是一个电话打破沉寂，“不好意思失陪一下……”

“喂，小珺？怎么了？”

“昨天晚上说好的来我家吃饭，怎么没来？”

“这不进组了嘛，有点忙……”

“那你前面就不要答应，你现在这是什么意思？”

“我……下次一定去……”

“还想有下次，你已经四个月没和我见面了，放了我五次鸽子了，这次我生日你来不来？”

“你生日是下个月的啊，我可能……要拍戏来不了……”

“又来？”沉默几秒钟后，熊珺带着一点哭腔说道，“我觉得我们初次见面的那种感觉已经没有了，分手吧！”

“小珺你别这样……喂？”常辉看了看手机，对面已经挂了电话，“就不能支持一下我的工作吗？这样还怎么在一起。”

“师哥！你干吗呢？”

“没干吗，没干吗……走吧。”

之后一段时间，常辉都在一旁沉默不语。

“师哥，你怎么打了个电话就跟变了个人似的……这不像你啊，在一旁低着头啥也不说。”

“我没事。”又过了三分钟，常辉再次说了一句话，“熙熙，一会儿请你吃夜宵，来不来？”

“好啊师哥，剧组那个盒饭也太少了，走了一会儿我又饿了，一会儿咱们在哪吃啊？”

“就对面吧，看那个野鱼馆不错。”

“嗯。”

夜已深，但野鱼馆生意兴隆，没错，都是来吃夜宵的。

常辉还是沉默，一言不发。

“师哥，你肯定有事瞒着我！”

“没有啊。”常辉假笑了一下，“就是一点小事。”

“怎么啦师哥？”林芋熙察觉出一丝不对劲，“没事，你和我说，我不会说出去的！”

“我……分手了……”

“师哥，你不说……我连你有女朋友都不知道。”林芋熙笑了笑，“没事师哥，相信自己，你能找到更好的！”

“我们五年的感情，哪是说忘就能忘的……”

“五年感情！”林芋熙震惊地看着他，“这么厉害啊师哥！你也别太伤心，五年肯定不是闹着玩的，我相信你的女朋友不会丢下你的！”

“我们俩其实有很多不同点，我都不知道这五年怎么过来的。”

“师哥你放心，我觉得你的女朋友不会丢下你的！”林芋熙牵起常辉的手，“相信我，她会回来找你！”

这是他们第一次牵手，出乎意料的是不是在拍戏。

看着林芋熙那种专门看哥哥的眼神，常辉也宠溺地看着她。

夜晚的月光下，他们走在回剧组的路上。月光和路灯灯光双重照射下，他们的影子重合在了一起。

第四章　第一次吻戏

进组后某天夜里，月色皎洁。

“常辉，那天晚上你俩去吃夜宵……”沈义重停顿了一下，“为什么不带我们?”

“我……有点事和熙熙说。”常辉思考一会儿后，慢慢回答，“跟你们有什么关系，为什么要带你们?”

“璇哥，柱哥，刚刚拍戏的道具过来一起消灭掉。”一旁刘嘉敏对他俩大喊。

“师哥，这儿有两碗，都是你吃过的，要不你都吃了?”林芋熙看着常辉开玩笑。

“刚刚吃过晚饭，你要撑死我吗?”常辉也笑着回应她。

“那要不你一碗我一碗?”

“这个可以。”常辉接过一碗蛋炒饭，“话说这蛋炒饭是哪个道具组老师做的，怎么这么好吃。”

“好吃吗? 我做的。”林芋熙对他笑笑。

“你做的?”常辉吃惊地看着她，“你厨艺这么好? 一点不像韩叶枫。”

“你是在夸我还是在说我演得不像?”林芋熙盯着他。

“当然是夸你啦。”常辉边吃边回答，“你还吃不吃得下，吃不下给我吧!”

“刚刚百般推脱说我要撑死你，现在反过来问我要，不给你!”林芋熙拿着这碗蛋炒饭跑到沙发旁边。

“你又吃不光，给我一点嘛，枫儿——”常辉开始学起赵希璇，“你刚吃完晚饭，保持身材，别吃夜宵了，给我吧！”

“师哥你正常点，我恶心……给你给你！”林芋熙经不起常辉的“赵希璇式耍赖”，无奈之下还是给他了……

“这还差不多。”常辉狼吞虎咽地吃完了两碗。

“师哥你慢点，没人跟你抢！”

“那不一定，等一下你反悔了。”

“我才不反悔呢。我又不像你，之前说不要，现在又要了。”

“谁让你做得那么好吃。”

“这算哪门子理由……”

由于吃得太快，还边吃边说话，常辉噎着了……

“叫你不要吃那么快，噎着了吧。”林芋熙去拿了一杯水，“喝吧。”

“谢啦熙熙。”常辉缓过来后说。

“这点小事还要谢，师哥你太客气了。”

“话说其他人都跑哪去了？”

“这么晚了，该睡觉的睡觉，该拍戏的拍戏呗。”

“熙熙，你说，赵希璇是从什么时候开始喜欢上韩叶枫的？”

“这个……”林芋熙思考了一会儿，“师哥，你才是赵希璇，这问题应该是我问你才对吧。”

“嗯，有道理！”常辉也思考了一会儿，“那你说韩叶枫是什么时候喜欢上赵希璇的呢？”

“也许……”过了一分钟，她才缓缓开口，“那个吻吧。”

在月光的沐浴下，两人互相对视，仿佛能用眼神交流。

“那天你说不要借位，是认真的吗？”

那天下午，他们在对词时，他对导演、编剧说："这场吻戏可以不用借位了吧，不然太假了。"

一旁的她不住地摇头，这也不是什么重要的情节，本来借位就可以解决，没必要真吻吧。

见她不住地摇头，他笑着说了一句："没事，开个玩笑。"

她看见了他勉强的笑容。

"当然不是认真的，纯粹开个玩笑。"常辉仍然勉强地笑了笑。

这一刻，吴涌突然走进摄影棚……

"你们俩干吗呢，对词吗？这么晚了，敬业！"

"嗯，吴编你……有事吗？"常辉问。

"没事，你俩继续，我抽根烟。"吴涌回答。

"哦，那我们去睡啦。"林芋熙说。

"去吧去吧，早点睡。"吴涌拿出一根烟并点燃它。

第五章　月光下的温暖

杀青倒计时。

“哥，这灭火毯挺重吧。”倒数第二集最后一个镜头，沉重的灭火毯让常辉露出吃力的表情。

“还……还好……”但他依然只回了个还好。

“你这样叫还好？真不知道你之前的戏都是怎么拍的。”林芋熙叹了口气。天天在她面前说还好，不知道他一个人默默承受了多少。

“万导，这灭火毯可不可以把里面的毯子拿掉？”她找到导演。

“拿掉了以后外面的盒子也很沉的啊。”

“至少轻一点。”

“好吧。”

“我都不担心，你那么担心干吗？”常辉跑过来安慰她，为了让她不担心，他还单手提着灭火毯，装出一副很轻松的样子。

“我……”她想了想，觉得有道理。

“先担心担心自己吧，一会要被淋湿了。”他拍拍她的肩。

几天前，他也和她一样，担心着对方。他也曾找到导演，向导演提出删了这段戏。但是导演没有妥协，这段戏关系到下一集的前半段，太重要了。

“淋湿没什么，反正小时候玩水没少被淋过。”她笑了笑。

争取一条过！两人心里都这么想，林芋熙为了给常辉减轻负担，常辉为了林芋熙不着凉。

果然一条过！

拍完这一段，他立马脱下外衣披在她身上。

“冷吗?”他依旧那么温柔。

“有点……”她小声说。

“要不要回房间休息一会?”

“不用了，路太远，外面更冷。”她声音微微颤抖起来。

过了一会，看着她仍在发抖，他不顾众人的眼神，直接搂着她。

“这样好一点吗?”

“嗯……”她抬头，四目相对。

“累了就睡会吧。”他笑了笑。

月光下，一切仿佛都静止了，只有星星还在眨眼。她靠在他肩上，嘴角微微上扬。

第六章　戏内戏外

“熙熙，你还好吧?”那天泼水之后，常辉每见到林芊熙一次就问她一遍这个问题。

“哥，我真的没事，你为什么一天问五遍嘞?”

好问题，他为什么要一天问五遍，他自己也不知道。

“今天貌似还有一场淋雨的戏，你……可以吧?”

“哥，你这就小看我了。”林芊熙先是笑着看了看他，然后转过去偷偷地咳嗽两声。

“什么东西神神秘秘的，要躲着我啊?”常辉转到她面前。

“没……没东西……”林芊熙对他笑笑，“我好着呢，什么事都没有。”

“没说你有事啊!”常辉一脸蒙。

“那就……咯咯……好。”她紧张了一下，好像露馅了。

“等等，你这叫没事?”他担心地说。

“真没事，刚刚……口水呛到了!”她又紧张起来。

“嗯，快去准备吧。”他表面若无其事，心里暗自担心。

“好。”她松了一口气。为什么瞒他? 还不是为了不让他担心。

开拍前，三人身上都淋了一盆水，身上只有一件短袖。拍摄中，她极力忍着头晕咳嗽念台词，直到该晕倒的那一刻，她感觉到了一阵解脱。

“熙熙? 拍完了，你可以醒了! 熙熙?”常辉晃了晃怀里的女孩。

“别晃，头晕……”林芋熙弱弱地回了一句。

她怎么了？他摸摸她的额头。天呐，都可以煎蛋了吧！常辉立刻给她穿上外套，抱起她，向导演打了个招呼，匆匆向剧组驻扎点跑去。

那天，真的下雨了。但他把她保护得很好，他身上全湿了，她身上却没有一滴水。

窗外雨敲打着窗户，窗内她躺在床上，他坐在旁边。

“赵希璇……”她突然开口了，“你为什么这么晚了还不表白？”

“这……”他犹豫了一会，“是个好问题！”

“那你会为斯拉夫的到来而吃醋吗？”她又问。（斯拉夫：韩叶枫男友。）

“我……”他又犹豫了。

“换作是我的话，我一定会。”她咬了咬嘴唇，像一只小兔子。

“我也会啊。”他笑了笑。今后，他一定照顾好这只小兔子，绝对不会让这只小兔子吃醋。当时的他，坚信这只小兔子一辈子都是他的，“你……要不再问几个问题？”

“比如……”她顿了顿，“算了，没力气，我要吃冰沙。”

这怎么有点耳熟呢？“熙熙，现在没在演戏呢。”

“我就要吃辣鸡翅。”

“你现在不能吃辣鸡翅。”

“但是我头痛啊！”

“那还想吃，好好休息。”

“哼！坏人……”

“你这是把词记得多熟啦，睡觉还能背出来。”他摇了摇头，四处看了看发现没有药，只得转身去拿水。

她伸出双手拉住他的手。这也是剧本里的画面，可他却不由自主地笑了。

“听故事吗？”

“我要听故事。”

“好——”

雨停了，天空还是黑色的。不知不觉就到了晚上。乌云散去，月色照进屋内，照在两人之间。故事，辣鸡翅，还有十指相连……

第七章　杀青

“杀青啦!”大家在场上欢呼雀跃。

小河边，亭台上，林芋熙坐在椅子上，望着远方。常辉走过来，鬼鬼祟祟地窜到她身后。

“猜猜我是谁?”常辉压着嗓子说。

“哥，你化成灰我都认识你，更别说还发出声音。”

“熙熙你这样就不好玩了嘛。”常辉坐到一旁的椅子上，“你怎么啦? 闷闷不乐的。”

“都说杀青会很高兴，为什么我高兴不起来?”

“要分开了，换作是谁都会很伤心啊，但也没你这么伤心吧。”

看见她闷闷不乐，他想了想，安慰她:“好了好了，刚刚提到离别刘嘉敏都哭了，看，不开心的不止你一个人吧!”

“哥，你说《心系彼此二》什么时候拍啊?”

“想得那么远，一的杀青饭还没吃完呢!”

“赵希璇和韩叶枫什么时候才能在一起啊，我都急死了。”

“韩叶枫本枫，你想什么时候在一起?”他站起来赵希璇式一笑。

“哥，你正常点好不好，赵希璇上身要不要那么快啊。”

“枫儿呀——”

“黯然销魂掌!”她伸手想抓住他，不料他跑得太快了……

夕阳西下，小河边的亭台上，因为两个追逐打闹的身影，气氛变得更加活泼。她一次次伸手抓他，却一次次落空。直到有一刻，她抓住了。

黄昏让天空红里透黄，亭台上原本活跃的气氛一下变得安静，她紧握着他的手，却说不出一个字。几秒后，她感到他的手也开始用力，用力回握。

一分钟，两分钟，三分钟……

“哥——”一个声音打破沉寂，“如果有一天，我们再也不能合作了。”

“不会有那一天的。”他打断她的话，“相信我。”

“可是我还是怕……”

“不要怕，有我在。”他转身抱住她，还是那个温柔的“摸头杀”。

此时的她，一点也不像韩叶枫，而是又回归自己本来的样子，温柔可爱，像一只小兔子一样依偎在他的怀里。而他，也一改赵希璇的性格，正经起来，保护她，不让她受伤。

黄昏逝去，月亮出现在上空，周围一片宁静……

第八章　玩笑

杀青饭，并不是他们最后一次相聚。常辉和林芋熙坐同一辆车赶赴现场，结果被一辆车撞上了……

太悲催了吧……常辉暗想。他转身安抚林芋熙："熙熙，你等一下，我去调解一下。"

"怎么了？撞上了？前面这辆车撞的你？"

"对，不过没事，我去调解一下。"

"调解什么啊，让我下来！"她下了车，韩叶枫上身大声骂前面那辆车："你怎么开的车？没看见前面有车吗！"

几分钟后……

"搞定！"林芋熙自信地回到车里，"他承认他全责！"

"哇！太厉害了吧……"常辉惊喜。

车停好后，进了包厢。

"干杯！"

"常辉，你作为主演，说两句！"沈义重起哄。

"今天呢是我们聚在一起的第一顿杀青饭！感谢上天安排我们进入一个剧组！还有就是……今天放开了吃！因为万导买单！"

场面一片欢腾，万庄先是表现出一百个不乐意，随后也跟着放开欢笑。

"熙熙，多吃点猪肉啊。"常辉坐下来第一时间给林芋熙夹了一块肉。

“哥……”林芋熙突然大笑起来。

“你笑什么？让你吃块肉你那么高兴。”常辉一脸蒙地看着她。

“不是……”她继续大笑，“哥，你竟然让我多吃你的肉！”

“什么？”常辉还是不明白，突然反应过来，“你说我是猪！”

“难道不是吗？”她笑得拍起了腿，“不行了哥！我停不下来了，哈哈哈哈哈哈！”

“你最近网上那些神回复看多了吧。”常辉瞥了她一眼，自己吃饭。

“哥？”林芋熙缓了缓，拍了拍常辉，“生气啦？”

“没有！”他夹起一块牛肉往嘴里送，“我去上厕所。”

林芋熙揣测他的表情，这不是生气是什么？还狡辩。

“常辉怎么啦？”一旁的刘嘉敏凑近林芋熙。

“我打赌这么爱吃肉的常辉今后一定变胖！”

“我也打赌。”

“打个毛线！”常辉不知道什么时候回来了，跟幽灵一样突然冒出来。

“哥，今儿个怎么火气那么大，开个玩笑都不行啦。”林芋熙貌似也有点生气了。

“谁让你看出我生气了还不安慰我！”

“鬼才安慰你！哼！”林芋熙转了过去。

三分钟后，常辉僵不住了。

“怎么啦？我就装生气想让你安慰一下，你现在……真生气啦？”常辉搂住林芋熙。

“拿开你的爪子！”林芋熙挣脱出来，继续吃饭。

“哥错了，你别生气嘛。”

“生气有什么错，但我现在就不想理你!”

“哥不该装生气的!”

“装的?”

“装的!”

“我也是!”林芋熙突然开怀大笑。

杀青饭结束了，大家各回各家，这时常辉开出一辆车，对林芋熙眨眨眼。

“你坐常辉的车啊?”刘嘉敏冒出来，“带我一个?我懒得打车了。”

“哥!让嘉敏也搭车吧!”林芋熙说完不等回复立马拉着刘嘉敏上车了。她没看到常辉脸上一万个不情愿。

“你们俩都后座啊，把我一个人撂在前面。”

“司机师傅开车!”林芋熙故意逗他。

“我怎么成司机师傅了?”

“你不是吗?”

“我……”常辉一时语塞。这小兔子现在越来越厉害了。

刘嘉敏的家比较近，送到以后离林芋熙的家还有一大段路。

“熙熙，一会儿我下车以后你到前排去吧。”刘嘉敏小声和她说。

“为什么?”

“你看辉哥的表情。自己领悟吧，我到了。拜拜!”

林芋熙按照刘嘉敏说的坐到了副驾的位置。

“怎么?想通了?”常辉一路没说话，一开口觉得特别的不自然。

“想通什么了?”

“没……什么。”

“司机师傅好好开你的车别说话。”

“你……”常辉真是哑巴吃黄连，有苦说不出。

这一大段路车里一片沉寂，直到林芋熙下车，常辉才反应过来浪费了那么长时间……

第九章　收视纪录

“早晨起来，窗外的风景同心情一样灿烂。久违的假期，虽然天天都过得很平凡，但却别有滋味。”

今天，是被短信吵醒的一天……

林芋熙早上被吵醒，十分不耐烦地把手机扔到了床底下，然后静下来一想：今天是……七月二十五日！是《心系彼此》上映的日子！她立马跑床底下去把手机捡起来。

已经九点了，第一集已经播完，常辉给她打了十几个电话。她疑惑，不就是上映的日子嘛，要打十几个电话来催我看吗？

就在她盯着手机发愣的同时，常辉又打来一个电话：“熙熙，之前打给你，你怎么都没反应？告诉你一个好消息！收视破纪录啦！”

收视破纪录？大家都闲着没事干看一个连女主角都差点找不着的电视剧？林芋熙还是不敢信。

“是真的！熙熙，我们红了！”

“哥你别逗我了，我还想再睡一会呢！”

“九点了还睡，你是猪！”

“我和你不是一个品种，但我就是困啊……”林芋熙挂了电话倒头就睡。

“喂喂……喂？”常辉仿佛能看到她不敢相信的眼神，立马开了车狂奔到她家。

林芋熙开了门，看见常辉，不耐烦地靠在门上：“哥，你有完没完啊？”

“你要是不信那就没完！”

“我信了，你可以走了吧？”

“亏你还是个演员，你就不会表现出很震惊的样子吗？”常辉拿出手机，“看，这是真的！”

“导演发的……什么……点击量十……万！”

“这下信了吧！”常辉看见林芋熙先是震惊，然后慢慢变平静，再然后就是惊恐，“你害怕什么？”

“我才十九岁，天呐，出去的时候男生都叫我韩叶枫，问我赵希璇怎么样了，怎么办？”林芋熙转身扑到床上，“完了我嫁不出去了！”

“怎么会呢？”

“全是你！”林芋熙先是韩叶枫上身狠狠地指责常辉，然后又像一只小兔子一样趴在床上撒娇，“你为什么要把我介绍去呀，你让我以后怎么出门呀，还有哪个男的会喜欢我！”

“别闹了，怎么会找不到男朋友呢？”常辉看着这只兔子哭，心里特别不是滋味，一气之下说了一句，“大不了我娶你！”

这可把林芋熙吓了一跳，坐在床上一动不动盯着他。

常辉这才意识到自己说了什么让她敏感的话：“开个玩笑嘛！看把你吓得，哈哈哈。”

“我想说……如果到时候真找不到男朋友……那也只能这样咯！”林芋熙突然一脸欢笑。

“你认真的？”换成常辉惊恐。

“当然是开玩笑的，谁让你老跟我开这种玩笑。”

“你走开。”

“这是我家，要走你走。”

“你走。”

“你走。”林芋熙一个枕头扔过去。

“来劲了是吧!”

“来啊，互相伤害啊!”

屋外还是阳光，屋内还是吵吵闹闹，一个早晨就这么耗过去了……

第十章　生日

“哥，今天出去吃饭吧！我请客！”

“什么时候这么大方了？”

“今天不是你生日嘛！”

“那我请！”

“就等你这句话了！”

“你太狡猾了……”

“好啦，拜拜，中午见。”林芋熙挂了电话。宿舍姐妹凑过来：“熙熙，给谁打电话？”

“表演班一个师哥。”林芋熙看着她们八卦的眼神不知所措。

“是不是赵希璇啊？枫儿姐姐。”

“咦，你们恶不恶心！”

“熙熙，你现在是公众人物，在外面乱晃不怕狗仔吗？”

“有什么好怕的啊，我还没红到狗仔会来拍吧……”

“你是不知道，”一个姐妹皱着眉头拍拍她，“前两天有狗仔扒出了我们的宿舍电话，我们宿舍电话都炸了！”

“我怎么没听到？我听觉失灵了？”

“那天你回家了，我们实在觉得烦，就把电话线拔了。”旁边的姐妹拿起一根电话线。

“难怪这两天宿舍电话这么安静。”林芋熙无奈地点点头。

“我们接了五个，第一句话全是林芋熙小姐在吗？我想给您做个专访。”一个姐妹模仿记者口吻说话。

“不说了，时间不早了我先走啦！”林芋熙急匆匆地溜了。

这个点，饭馆人山人海，林芋熙看着没有空位置，转身想走。

“干吗？”常辉牵住她的手。

“这里没位置了，我们换一家。”

“我预订了。”

“预订？”

“我昨天就订了啊！”

“你昨天就料到今天我会给你打电话？”

“本来就想吃，你一打电话我就邀请你一起呗！”

林芋熙突然意识到自己牵着常辉的手，立马挣脱开：“等下被狗仔拍到不完了嘛！”

“有什么关系，现在在观众眼里啊，我是赵希璇，你是韩叶枫，本来就是CP，为什么不能牵手？”

再一转身，发现饭馆里一堆人都盯着他们，有人还盯着他们议论纷纷。有个胆子大的吼了一声“在一起”，紧接着一堆人开始起哄。

此刻两人耳朵里不断地听到“在一起”这三个字。

完了，这饭是吃不成了，趁着他们没有拍照，赶紧跑！

第十一章　默契

时光飞逝，日月如梭。转眼《心系彼此二》就开拍了。

“这世道啊……”剧本中的台词，林芋熙照着背出来，几秒后还没听到常辉回应，转过头看了他一眼。只见他喝了一口水，对着她魔性地笑了一下，把原本正经拍戏的她也给逗乐了，捂着嘴哈哈大笑起来。

“卡!”万庄大声地喊了一声，“准备换场景!”

“欸，导演，就这么过去啦?”林芋熙叫住导演。

“我觉得挺好。可以了，下一个场景!”

“怎么样?我是不是很机智?”常辉窜到她眼前晃了晃。

“机智个鬼，连台词都记不住!”林芋熙转身跑到另一个场景。

接下来的一幕，导演都不相信人世间竟然有如此默契的人，虽是安排好的，但一般人是不可能一条过的!常辉和林芋熙同时拿起饼干，同时咬一口，就连嚼饼干也一模一样的速度，然后又同时说出一句台词。

“你们两个怎么能那么默契。”刘嘉敏绕过来。

“哪有?”两人又异口同声。

“难道不是吗?”沈义重也过来凑热闹。

“这不是剧情需要嘛!”继续同时，“拍完了就别学我了!”

“这么长的话都能对上?”刘嘉敏震惊，“你们不是私下商量好的吧!”

“没有!”林芋熙故意不说话，常辉却大声喊了出来。

“看，这回不对了吧!”林芋熙说完转身跑走了。

“哎，熙熙，你去哪啊?”常辉跟上去。

“不要跟着我啦!”

刘嘉敏莞尔一笑：“这两个人的故事写下来，都能拍成偶像剧了吧!”

“可不嘛!”沈义重起哄。

几天后，林芋熙有一场打戏。

“熙熙，一会打戏让替身上吧?”常辉提议。

“不，我这一身本事正愁没地用呢，怎么能用替身!”

“你这样你的武替没饭吃……”

“在剧组总有盒饭的啦!”

常辉一脸无奈……

“快开始了，我去热个身!”林芋熙说着就跑一边去了。

这场打戏，可见林芋熙是真的身手不凡。

“卡!”尽管喊了卡，常辉还是一脸惊艳，“不愧是从小练舞的，肢体协调能力怎么能那么好!”

“羡慕不?”林芋熙朝他笑笑，“叫声姐我教你!”

“你走开。”

随着一阵欢笑，又一集落幕。

第十二章　如果有一天

“哥，如果有一天我们再也不能像现在这样了，你会难过吗？”

时间穿梭回半小时前……

这是《心系彼此二》的最后一集，也是决定韩叶枫和赵希璇还会不会继续做邻居的一集。可是那天上午，常辉和剧组几个朋友打牌，赢了好几把，不知道有多快乐，怎么可能哭得出来。于是这个镜头拍了半个小时，他还是没能哭出来。

“常辉，你再哭不出来就用眼药水啦！”万庄迫不得已拿出一瓶眼药水，“可是这样总感觉不真实，你再想想办法让自己哭出来。”

“我想想，”常辉思考状，“还是眼药水吧！”

“万导，过来一下！”林芋熙跑过来打断他们，“给我一点时间，我搞定他！”

“行，来大家休息一会儿！”

“哥，过来坐！”林芋熙顺手拿了两杯水。

“怎么了？我这正想办法哭呢！”常辉接过一杯水，“你搞得我又想笑。”

“笑吧，笑个够！”林芋熙突然严肃起来。

“怎么一脸严肃？”常辉不知所措，“我又怎么让你生气了？”

林芋熙很生气地瞥了他一眼，站起来就要走。

“怎么啦熙熙？”常辉也站起来抓住她的手。

可是她挣脱开了。旁边突然有人叫常辉，常辉一回头，林芋熙就跑到了一边躲起来。常辉转头看她不见了，很是着急，大声喊着她的名字。他还是不知道到底什么事情惹得她这么不高兴，难道就因为他哭不出来?

过了五分钟，躲在一旁的林芋熙观察到常辉急得快要哭出来的时候，跑到他面前。常辉见她回来了，便紧紧握起她的手："不许乱跑！我到底怎么惹你了?"

她又挣脱开了，并且眼神从他身上转移到杯子上，沉默了一段时间后，她开口说了一句话："哥，如果有一天我们再也不能像现在这样了，你会难过吗?"

这句话成功地吓到了他，早晨的事早已忘得一干二净。一旁的万庄看见常辉神情有所变化，立马叫全组开始拍摄。

他坐在椅子上，看着那杯水，脑子里浮现出他们曾经的点点滴滴，又想起刚刚林芋熙对他说的那句话，眼泪不由自主地掉了下来。镜头记录下这真实的一切。卡之后，林芋熙看着他边笑边鼓掌："哥，你能哭出来啊，刚刚怎么半小时都没动静。"他还是坐在那里，望着那杯水，虽然不在镜头里，但也是这一段的一部分。

"傻啦，喂!"林芋熙大喊了一声才把他唤回来。

"不会有那一天的。"他小声说。

"啊?"

"没什么，终于拍完了!"

"走啊，打牌去!"林芋熙一改之前的严肃表情。其实，她演得还不错。

第十三章　戏内的“女二号”入侵

随着第二季的落幕，第三季紧接着就开拍了。

他们再次相遇在这个熟悉的剧组。进组后几天，沈义重见常辉还在和林芋熙说说笑笑，完全没在意剧本，于是走过去告诉他：“希璇，据我所知旋风（璇枫）CP 要分离了！”

“什么啊，别开这种玩笑。”

“导演说的，说整天暧昧来暧昧去也不表白没看点，接下去就要展开三角恋的故事了！”

“三角恋？亏他想得出来。”

“你骂他，我告诉他去。”沈义重转身要走。

“哎哎哎，冷静。”常辉拉住他，“导演真这么说？”

“当然啦，我亲耳听到的，还能骗你不成？”沈义重说完，拍拍他的肩，“兄弟，好好看看剧本吧，就下一集，那拉就要来咯！”

“那拉是谁？”常辉立马翻开剧本。那拉，暗恋赵希璇，曾多次向赵希璇表露心声，赵希璇没同意，也没拒绝。

“这赵希璇干什么吃的……”常辉心中暗骂。

接下来看到下一行，表演者，李茉茗。常辉思考了一下，这个名字怎么这么眼熟呢？对了，昨天……

事情要回到前一天。

“林芋熙，你快点，下一场你的戏！”刘嘉敏在前面对着她大喊。

“来啦!”

迎面跑过来一个女孩，五官端正，十分貌美。林芋熙也跑过去，结果刹不住车，两人撞一起了。此时常辉正好站在两人旁边，但他二话不说就扶了林芋熙。刘嘉敏见状也跑了过来，扶了那个女孩。

“怎么样？没受伤吧？”常辉一脸担心地望着林芋熙。

“没事没事。你没事吧？对不起啊。”林芋熙问那个女孩。

“没事。您就是林芋熙吧？”

“没那么多尊称，叫我熙熙吧。”

“你好，我叫李茉茗。”

是她？常辉盯了一会儿剧本，又转身去找林芋熙了。管他，反正不是现实。

第十四章　烤火

不知不觉，冬天到了。此时在剧组最惬意的事莫过于在火炉旁取暖。

“哥，为什么我明明在火炉旁还那么冷？”

“穿太少了？”常辉脱下外套盖在她腿上，“还冷吗？”

“好多了。”

“再坚持一会儿，马上就回去休息了。”

“嗯，为什么今天最后一场是我的戏啊！”林芋熙开始抱怨。

“别抱怨了，前三场还都是我的嘞。先去啦。”

三场戏拍了很长时间，林芋熙在一旁开始打盹。等她再睁开眼，常辉的衣服已经被烧出了一个洞。

“妈呀，什么情况？”她吓得连忙退后。

转头看见常辉，他还没拍完。她提心吊胆地等他拍完。

“哥——”

“怎么啦，看起来精神不是很好。”

“如果现在有一个人告诉你……她把你新买的某个东西毁了，你会怎样？”

“那我肯定给他点颜色看看！”他先咬了咬牙，然后奇怪地问她，“问我这个干吗？”

“噢，没什么……”吓了一跳的她站在原地不敢动。

“我的……”

“哥，对不起，我一不小心烧了你刚买的衣服。”常辉还没说完就被林芋熙打断了。

她弱小无助地偷偷看了看他的眼睛，但半点生气都没有看出来。

“没事吧？”

“烧了一个大洞……”

“我是说你，不是衣服。”他扫视了一下，没有发现烫伤。

“我没事。”

“人没事就好，衣服回头我再买一件。”他又看了看衣服。“还好衣服盖腿上了，否则烧的就是你的腿咯！”

她尴尬地笑了笑。

“快去拍吧，回去就有空调了。”

他竟然没有生气。她立马展现出微笑，跑去了拍摄点。

第十五章　那个眼神

这本是一场非常普通的戏，非常普通的眼神。

“导演，这个，我做不到。”常辉指着剧本上的一个动作企图想要删掉。

“但这个很重要，还要给一个特写。”

这个动作要他瞥一眼林芋熙，然后背着李茉茗走掉。

“为什么？”

“这对你影响很大吗？”导演疑惑。

常辉沉默了。对他最大的影响就是无法看她被他瞥了一眼后的表情。

剧本没改成，他只能按上面的演。他狠狠地瞥了她一眼，但是他盯着她头顶那片树叶，仿佛那片树叶和他有着深仇大怨。但他不敢看她的眼睛。

林芋熙是看着他的眼睛的。他虽是盯着树叶，可在她眼里他依然是盯着她的。不知道为什么，心里突然像被好几根针扎了一样，刺痛一阵一阵袭来。

为了让她保持状态，导演坚持两段一起拍。但是由于她过度入戏，一不小心忘了台词，导演只好妥协让她休息一会。

但她一直不看台词，就是呆呆地坐在那里。

“看到没有，对我是没什么影响的，对熙熙影响大了！”常辉看着林芋熙，对万庄说。

“你有什么办法让她恢复状态？”

“行了，我来搞定。下回别老安排这种戏了啊!”

“好嘞。”

“熙熙。”常辉慢慢靠近林芋熙。

林芋熙还是呆呆地坐在那里。

“熙熙，哥平时待你咋样，你现在不理我，你觉得好吗?”

她还是不说话。

“你傻啦?”常辉不知所措，思考了一下，“行，那我就陪你在这坐着。”

一分钟，两分钟……她依然沉默。

大概半小时以后，她开口了：“哥，下次别这么看着我行吗?”声音小到只有他们两个能听见。

“这是导演要求，要不咱去揍他!”

“导演有要求一定要用这么凶狠的眼神瞥我吗?”她撇撇嘴，“我看过剧本的，上面只有赵希璇瞥了一眼韩叶枫，没有狠狠地。”

“那可能……我理解错了吧，哥理解能力是真的差。”他笑了笑，一把搂住眼泪在眼里打转的林芋熙，“哥给你道歉，对不起嘛熙熙，你别生气了。哥保证，下次再有这种戏不管怎样我都要改掉它!”

“一言为定。”

她笑了。她在先前看剧本的时候，也很害怕这一幕。她怕看见他的那种十分生气的眼神。可她还是看到了，比她想象中还要恐怖，真的把她吓了一跳。

第十六章　谜一样的请假原因

真是时光飞逝，第三季也到结尾了。常辉研究剧本的时候发现，他和李茉茗有一场吻戏！虽然吻的不是嘴是脸，但他也吃了一惊。说好的旋风 CP 永存呢？粉丝们看见剧情简介也十分抗拒。我们的“旋风大旗”，真的就此倒地了吗？

林芋熙好像也早就看过剧本，但她并没有什么异样，还是和平常一样，活泼可爱到处跑。

“熙熙，你看过剧本了吧……”常辉试探她。

“看过了啊！”

“你……不……那啥？”

“那啥？”

“就是……吃醋？”

“我吃哪门子醋啊，那不应该是韩叶枫吃吗？”

“可你就是韩叶枫啊！”

“我不是，我是林芋熙。”她说完转身跑了。

等到正式拍的那一刻，场景道具都准备好了，他四处张望，却不见她的踪影。李茉茗见他心不在焉的样子，告诉他：“林芋熙上午请假了。”

她为什么要请假？不是说不在意吗？或许是别的原因……可为什么偏偏在这个时候请假？开拍在即，他也顾不了那么多了，只是在拍这个片段的时候，满脑子都是她。这倒给拍摄带来了好处，常辉那一刻的眼神，真的和导演心中的赵希璇是一模一样的。

事后，他问起她为什么当时请假，她说是前一天吃坏肚子了。可这个理由编得一点也不好，前一天她明明喊着减肥，一整天只吃了三个面包啊！难道饿坏了？

他拼命告诉自己，她肯定是饿坏了，此后便不再过问这件事。

第十七章　兄妹

转眼三季就拍完了，他们也从当时的懵懂无知到了现在的驾轻就熟。越来越多导演来找他们。

其中一个导演同时找了他们两个，并希望他们能在他的剧中继续扮演 CP。常辉二话不说便答应了，而林芋熙思考了整整三天。再演 CP？旋风还没在一起呢，万一这对 CP 先了一步，大家会出戏吧；而拒绝，人家做好万分准备就等你一个答复了，你突然拒绝也不太好吧。这三天林芋熙似乎时时刻刻都被两种想法困扰着。

“喂？”她最终拨通了常辉的电话。

“熙熙，怎么了？”

“我……不想出演《啊，请注意天涯》！”她犹豫了一下，还是说出了那句话。

“为什么？我觉得这部剧不错啊！”

“我……你……”她突然语塞，“你不怕别人看《心系彼此》的时候出戏吗？”

“应该不会吧……”

“怎么不会？观众不是我们，说入戏就入戏。”她又犹豫了一下，“说出戏就出戏。”

其实，有时候也出不了戏……

“你别急，我想想办法。”

第二天早上，导演亲自来拜访她，告诉她一个消息：可以让她改演常辉的妹妹。

“他跟您说了?”

“是的。他还是特别希望你出演这部剧的。”

“噢，知道了，谢谢。”她沉默了一会儿，“这部剧的其他角色都找好了，演员相似度的问题……”

“放心，这个观众不会在意的。”

“好的。”

她默默望向窗外。这部剧值得他费尽口舌说服导演在不影响收视率的情况下让她留下来吗?

或许他的回答是，值。

第十八章　取暖

开拍是秋天，但是剧中是夏天。林芊熙穿着夏天的裙子，不停哆嗦，但嘴上却喊着不冷不冷。

"还不冷，你就继续犟吧。"常辉撑了她一句。

"真……不冷。"她又哆嗦了一下。

常辉拍完下一条发现林芊熙不见了，四处寻找，都不见人影，很是着急。这时路灯一亮，他发现她蹲在路灯下面看着他们拍摄。

"蹲那干吗？"

"你别说，这秋风一吹，还真有点冷。"她犟不下去了。

"早干吗去了，现在才说。"他也蹲下来。

"你蹲下干吗？"

"帮你取暖。"他笑了笑。

"哥你别开玩笑了，这样怎么取暖？"

"那你站起来。"

"不，我冷。"

"那哥就陪你一直蹲在这，戏也别拍了。"

"那怎么行呢。"她站了起来，又打了个哆嗦，"我冻坏你赔。"

"赔就赔。"口是心非的常辉脱下外套裹在她腿上。哥怎么忍心让你冻坏呢？

"你在干吗？"

“帮你取暖啊。还冷吗?”

“好多了。”她说完走开了。他跟着她，步伐不停歇。

两人一不小心走到一个灯火通明的地方，过路人见证了这一幕，拿出手机拍了下来。第二天微博上就传开了。

“哥，我觉得今天的热门微博肯定有这个。”说着林芋熙拿着手机刷微博。

“我不信。”常辉拿起她的手机看了看，“不就是张路透图嘛，能说明什么?”

“你看文字。”

“什么?赵希璇韩叶枫 CP 重聚……是不是预示着《心系彼此》要开拍第四季了呢?这都什么乱七八糟的。”

“看来下次不能让你跟着我了!”

“那你别乱跑啊，看你再乱跑，全拍下来。”

“你走开。”

“你走。”

“你走!”她跳起来打了一下他。

“你敢打我!”他反过来追她。又开始打打闹闹了。

第十九章　美味的“兔粮”

这是一个夜晚，剧组的饭不够了，因此那天晚上每个工作人员只吃了平时的三分之二，饿得不成样子。

接下来就是常辉的戏了，这时林芋熙突然找到他。

“哥，我饿。”然而突如其来的撒娇并没有打动常辉。

“兔粮遍地是，自己找去！”他说完便去拍戏了。

“什么兔粮？哥你别开玩笑了，我真饿。”她追上去，但那边已经开拍了。

林芋熙站在监视器后面默默看着他。哥今天怎么了，好像很不高兴的样子。难道是饿的？他不是平时都在房间里放一堆零食的嘛！

她板着脸蹲了下来，肚子还在不听话地咕咕叫。她努力让自己不要去注意这个。

“今天由于餐饮部疏忽，饭不够了，大家都只吃了一点，那今晚拍完下一段就休息！”导演宣布。

正当大家都拍手欢呼的时候，林芋熙发现下一段正好是自己的戏。而且还是被男的强奸……这都什么乱七八糟的！林芋熙无奈地放下剧本。她四处找常辉，想找寻安慰，但没找到。今天真是糟糕。

“来！休息好了，开拍了！”

她全身乏力，耷拉着脑袋站起来，走到镜头前。反正要演的是喝酒后，和现在这个状态也差不了多少吧。

拍完以后她如释重负地倒在地上，懒得起来。身旁传来一个熟悉的声音："饿不？这有蛋糕、面包，还有一堆零食。"

她慢慢睁开眼睛，还是那个熟悉的笑容。她也笑了。

"你是自己吃，还是我喂你?"

"随便，反正我懒得动。"

"那我喂你吧。"他抓出一把薯片放到她嘴里。

大概一包喂完了，他突然调皮起来，把一包薯片全倒她身上，撒得到处都是。

"哥你太坏了!"她一下站起来。他跑，她追。多美好的场景。

第二十章　红酒

“哥，拍这戏太费体力了。”

“还很费膝盖……”常辉思考了一下，“还有，你怎么也用那种眼神看我？”

“什么眼神？”

“就是那种狠狠的眼神！”

“活该，我只是把你那天给我的眼神还给你了而已嘛！”

“我有这么狠吗？”

“有！”她气鼓鼓，又笑笑，“但是终于杀青了！”

“今晚来我家，请你喝酒！”

“恭喜啊哥，搬新家了！”她逗趣地笑了笑。

“那可不。”他也笑了笑，“今晚一定要来，千万别放我鸽子，我有惊喜给你。”

“OK!”她用手比出一个OK。

那晚，当林芋熙走进常辉的新家，映入眼帘是一个大酒柜，里面放满了红酒。

“这是？”

“给你的惊喜，”他突然走出来，“一个酒柜的红酒。”

“这酒柜是……专门为我准备的？”

“不然呢？”他抽出一瓶红酒，“今晚畅饮红酒。”

“干杯！祝贺你搬入新家！”

“干杯！哦对了，钥匙给你，以后常来玩。”

今天他们畅饮到深夜。

“你太能喝了。”常辉放下已经喝空了的酒瓶。

“没有你我肯定喝不光。”她笑了笑。

“今晚还回去吗?”他看见她醉醺醺的样子，非常不放心。

“我不回去睡沙发吗?”

“那肯定不行啊。”正当他思考怎么办时，旁边传来呼噜声。

这就睡着啦?他无奈。接下来该怎么办呢，又不能让她睡在这。他把她抱进房间，让她睡床，自己睡地上。

第二天早上，常辉先醒了。他帮林芋熙盖好被子，出去做好了早饭。香气飘进房间，把林芋熙馋醒了。

“哥，什么好吃的?”

“你醒啦。”见她只在意吃什么，问她，“你就不奇怪为什么会出现在我床上?”

“你别说，我刚刚还真有点奇怪，但冲你这个问题，我突然不奇怪了。”至少她可以肯定昨晚没发生什么不好的事情。

“吃完把碗刷了再走。”

“为什么?”

“我帮你做饭，你帮我刷碗，多好。”

“好吧。”

“我刚刚接到通知，会务组让我们在《心系彼此》的颁奖典礼上合唱一首歌。”

“什么歌?”

“你定吧。”

“那这样，”她拿出手机，“随机播放，关于爱情的歌。”

“行吧。”

第一首歌是《因为爱情》。

“就它了。”

“嗯。”

第二十一章　因为爱情

那天，阳光照进排练厅。两个熟悉的身影在练习一首熟悉的歌。

“哥，这可不是我们第一次唱这首歌了，每次你都跑调，这次一定不能跑啦！”林芋熙不放心地叮嘱他。

“知道了，你就放一百个心吧，你哥我像是会在隆重场合开玩笑的人吗？”常辉对她使了个眼色。

于是他们又连续练了几个小时。

“哥，我先休息一下啊。”

“才这么一会就要休息，亏你的大学专业还是用嗓子的呢！”

“你别站着说话不腰疼了，这几个小时你练歌的时间多还是撑我和偷懒的时间多？”

“好好好，你休息吧，别说话了。”常辉说完转身走开了。

林芋熙刚想问他去哪，他已经没影了。过了大概十分钟，他回来了。

“给你。”他递过去一盒润喉糖。

本想说谢谢的她突然感到喉咙一阵刺痛。

“怎么了？”

她还是说不出话，于是用手比了一个OK，然后吃了一颗润喉糖。

那晚他没睡好。他担心她的嗓子能否继续唱歌，甚至会不会说不出话。但是他多虑了，林芋熙作为一个音乐专业人士怎么可能因为连续唱了几小时就说不出话来呢？第二天林芋熙就生龙活虎地跑出来撏他。

“你嗓子好啦？”

“我像是这么脆弱的人吗？”

“那就好。”他笑了笑。

“哥，一夜不见你怎么变大熊猫了？”

“你才大熊猫。”

“我没有黑眼圈。”

“我有吗？”

“有，特深。”林芋熙大笑。

“我画的。”常辉也跟着大笑。

演出开始了，常辉先出场。他站在舞台中央，开始认真演唱。他唱完一段，紧接着林芋熙就上场了。她慢慢走上来。他做出了一个没排练过的动作——伸出手。她也本能地把手放在他的手上。他握住，紧紧握住。

“因为爱情，不会轻易悲伤。

所以一切都是幸福的模样。

因为爱情，简单的生长。

依然随时可以为你疯狂。

因为爱情，怎么会有沧桑。

所以我们还是年轻的模样。

因为爱情，在那个地方。

依然还有人在那里游荡。

人来人往……”

他们四目相对。他望着她的微笑，还是那么甜，那么可爱。

歌曲结束后，他在台上将她拥入怀中。他在抱她的时候，手总会不自觉地给她一个“摸头杀”，这次也不例外。

第二十二章　雨？泪？

那天晚上，乌云密布，但还没下雨。常辉正在家里看新剧的剧本。

突然接到了林芋熙的电话，电话里的声音把他吓了一跳。她的嗓音沙哑得不成样子。

“哥……”

“怎么了你？”

“我……发烧了……头好痛……”

“你别说话了，好好躺着，我马上过来！”

他挂了电话狂奔到她家楼下，才发现没买药。雨突然下了起来，而且越下越大。但他顾不了那么多，直接冒着大雨跑出大楼，跑进药店买了药，又狂奔回来。

他拿着她家的钥匙开了门。她软弱无力躺在床上。

“怎么回事，怎么突然发烧了？”

“可能昨天开着……开着空调……着凉了。”

他身上的水滴了下来，滴在了她的身上。

“哥，你哭啦？”

“哪有？”

“那这是什么水？”

他也不知道。或许有一瞬间他真的急哭了，但现在他也分不清这一滴是泪水还是雨水。

她慢慢睁开眼睛。

“你怎么……湿了?”

他突然发现自己全身湿透，头发还在不停地滴水。没错，他因为过于担心她而没发现自己已经成了落汤鸡。

“先别管我了，你先吃药，我去给你拿块凉毛巾。”他顺手抽了张纸巾擦了擦脸上的水，就直接跑进厕所。

“哥……你先擦擦吧。”她无力地说。

他毫不关心自己，只是在照顾她。

“39. 6℃，唉，”他叹了口气，“空调能把你吹成这样。”

“哥……你还是去擦擦吧，你这样我也睡不安稳了。”

“那我去擦擦。”

擦完之后，他陪着她，直到深夜。他握着她的手睡着了。

第二天早上，她的烧已经退了一点了。

“哥?”她推了推他。

“啊，早上啦?”他看了看窗外，“你醒啦?好一点没有?”

“嗯，醒好久了。”她笑了笑，“我刚刚刷微博，看见一条微博说你在《啊，请注意天涯》里对我太凶了。”

“有吗?”他也笑了笑，“还好吧，没什么感觉呀。”

“我不觉得，至少你会冒着雨给我送药，我相信在剧里也会。”

“喝点热水，估计明天就全好了。”

“嗯。”

早晨，太阳升起来了。阳光反射出了一道彩虹，挂在天空。

第二十三章　规则

某剧组。

“好！大家休息一下！”随着导演一声喊，剧组变得混乱一片。

“熙熙，打牌去！”朋友叫林芋熙。

“马上来！”她转头问常辉，“哥，去不去打牌？”

“我不去，我……当奖品！”常辉阴险地笑了笑。

“什么奖品？”

常辉推着她走到牌桌旁，大声宣布：“咱定个规则，赢了的亲我一下，输了的被我亲一下，怎么样？”

“好恶心的规则，”林芋熙受不了他，“要不这样吧，赢了可以选择打他一拳或者亲他一下，输了以茶代酒一干为尽，大家说好不好？”

“好！”全体起哄。

“喂，你不可以这么欺负我，我可是你哥啊！”

“为什么不行？谁让你定这么欠揍的规则。”林芋熙也阴险地笑笑。

“太阴险了！”常辉苦笑。

“你那规则才阴险呢！”林芋熙拿出手机，“我要到微博上暴露你的恶俗行为。”

“你敢！”

“我就敢！”她撒腿就跑。

“站住!”他撒腿就追。

休息时间就这么过去了。她没有发他定的规则，而是把自己的规则发了出来。

“你没有发出来啊。”常辉翻着她的微博，“我还期待着呢!”

“你怎么又期待上了，昨晚还追我嘞。”

“我改主意了嘛!”

“哥，看这个地方，是不是很美?”

“是挺美的。这是哪啊?”

“爱琴海啊，你竟然不知道……”

“哦，原来就是这。我挺想去的。”

“我也是。”

第二十四章　难忘的节目，没有之一

又是上节目的一天。

节目前有一个单独采访，主持人问林芋熙："最喜欢合作的男演员是谁?"

她微笑了一下，抿了抿嘴："常辉。"

镜头转到常辉那边，主持人问他："你心中的林芋熙是什么样的?"

他也笑了笑："她很温柔，很体贴，是完美恋人。"

唯一一个一模一样的问题，"你们两个有可能在一起吗?"

林芋熙愣了一会，一脸尴尬地笑了笑："不知道啊……"

常辉也说了一句不知道，但他又补充了一句："我们好像……太熟了……"

节目开始了，场上有舞蹈表演，场下他们两个是评委。

表演结束，观众和评委都在拍手叫好，掌声持续了一段时间，常辉突然大喊一句："熙熙也会跳的，来一段来一段!"

"啊? 我没排练过啊……"林芋熙尴尬地笑笑。

"这才说明你舞技高超嘛!"

"嗯……好吧，我试试吧。"

常辉见她上场，带头拍手叫好，场下观众们的掌声也愈加热烈。

音乐起，她跟着音乐的节奏即兴起舞，动作优美，表情自然。正当大家都沉浸其中时，她突然一步踩错，停了下来。场面瞬间尴尬。她抱歉地笑笑，看了看常辉。

常辉用鼓励的眼神看着她，并对她竖起大拇指。

有几个观众见常辉的动作，就开始拍手叫好。不管跳得怎么样，鼓励是必须的，何况开头跳得那么好。紧接着全场都响起了掌声。

她向观众鞠躬，回到了常辉身边。常辉捂住话筒，小声对她说："看，全场观众都在为你喝彩。"

她十分欣喜。他又说："跳得真心不错。"

一档节目的时光是如此短暂，但这次表演将永远记在他们心中。

第二十五章　七夕

“哥，你在爱琴海？”林芊熙用头和肩膀夹着电话，一手拿笔，一手拿剧本。

“对啊，你在干吗？”

“看本。”

“有没有搞错，七夕了放松一下嘛！”

“七夕之后就有戏要拍，你让我怎么放松啊！”

“对了，七夕要不要给“旋风迷”发个福利？”

“什么福利？”

“一会你就知道了。”挂了电话，他立马打开微博，思考了一下，打下几行字：叶枫，今天可是七夕，看我在我们最想去的地方。这么长时间没联系，要不咱……打个电话？

发表以后，他满心欢喜地等着她的回复，但不一会就接到了她的电话。

“哥，你干吗？”

“发福利啊！你赶紧回。”

“我知道发福利，但你也不要一下子发三条吧……”

“三条？什么三条？”

“你连发三条，让我回哪条？”

“我看看。”他打开手机，发现了一个大 Bug：一条微博，因为卡了他点了三次发送，于是……

“噢，那我删两条。”他转手就删了两条评论、点赞数少的。

“那……我回一个吧。”她思考了一下。《心系彼此》是喜剧，那就搞怪一下。

三分钟后常辉收到了回复：知道啦，不过长途电话很贵的，还是挂了吧。

“你这是什么回复？”

“搞怪回复呀！”

“不要这么冷漠嘛。”

“长途电话真的很贵的，挂了啊。”她挂了电话，偷偷笑着。

第二十六章　早日康复

“哥，你在哪啊？”林芋熙在机场急匆匆地打电话给常辉。飞机快起飞了，他还没到。

“熙熙，你不用等我了。”

“你怎么了？”

“我昨天磕了一下，腰伤复发了。”声音听起来很吃力，“对了……机票帮我退一下。”

“情况还好吧？那个……我录好节目就回去看你！”挂了电话，林芋熙心中乱糟糟的。怎么突然就磕了一下？应该不严重吧？听着声音貌似挺严重的……她自己都不知道自己在想什么。

整个节目她都心不在焉的，直到记者问了她一个问题：“你知道常辉为什么不来吗？”

“他不小心磕了一下，腰上的旧伤复发了……”

“那你听到之后是什么感受？”

“就是……不希望他伤得太重，因为他的腰本来就不好。”说出了这两句话，她感觉把所有心声都说出来了。

节目录完她就匆匆买了最早一班飞机飞回来，第一时间去了医院。

“哥，我回来了。”她冲进病房。

“这么快，下午的节目，不在那住一晚就回来啦？”

“有什么好住的，住哪不是住。你好一点了吧？”

“好多了，现在可以活动咯。”

“那就好。”她从包里拿出一个东西，“节目组的小礼物，我给你带回来了。”

“哎哟，节目组有心了。”他翻看着礼物，“你也有心了。”

她笑了笑。

“早日康复，有事给我打电话，我先走啦。”

看见他好起来了，她安心了。

第二十七章　复合

《心系彼此》剧组聚餐，本应该非常开心的时刻，却成了他们越走越远的开始。

“这是我女朋友，熊珺。”

她只是默默地看着他。这应该就是和他之前相处了很久还是分手了的女朋友吧，看这阵势应该是复合了。

刘嘉敏看了看林芋熙，本以为她会直接面无表情地转身走掉，可是她却笑了笑，对常辉说：“哥这是复合了？恭喜啊！我早就知道你们一定会复合的！来，我敬你一杯！祝你们……白头偕老!”

“熙熙，你别装了，你的表情很勉强啊!”刘嘉敏悄悄地和她说。

“我哪有装？我确实挺为他们高兴的!”

刘嘉敏不再说话。她不知道林芋熙和常辉到底是什么样的感情，或许他们两个自己也不知道。

常辉看着她勉强的表情，知道现在说什么话都是刺激她，便不说话。记得以前聚餐都是他们两个话最多，就喜欢互撑，但这次，气氛十分凝重，连熊珺都问：“你们以前聚餐都这么安静吗?”

常辉尴尬地回一句：“吃饭的时候说话不太礼貌。”

林芋熙吃到一半说了一句：“大家慢慢吃啊！我减肥，先走一步!”

正当她要走，被刘嘉敏拉住了："吃饭前还听你说今晚一定要玩到深夜呢！半路走了怎么回事？"

没办法，林芋熙只能坐下呆呆地看着空碗。刘嘉敏叹了一声气，这俩以前一直是坐在一起的，为什么林芋熙看到常辉带了熊珺来就硬要她坐在他们中间，被他们俩夹在中间的感觉真的太难受了……

"熙熙，你能不能说点什么打破一下沉寂？"刘嘉敏对她说。

"哦，"她应了一句，笑了笑，大声说了一句，"我真的减肥，刚刚嘉敏说的话我从来没说过，我真的走了。祝大家玩得开心！"

"唉——"刘嘉敏拉不住她，只得由她去。

常辉见她走了，也跟着说了一句："今晚的菜也差不多吃完了，就这样吧！"然后拉着熊珺跟了出去。

林芋熙站在门口。小风一吹，把她的头发吹起，常辉注意到，路灯下，她脸上有一颗颗的泪珠闪着光。

常辉让熊珺在那等他一下，跑过去问她："你在干吗？"

"噢，我在打车。"她立马露出笑容，"今晚有点晚，我都困了。对了哥，你怎么出来了？"

"你今天怎么了？平时最喜欢红酒，今天怎么一点也不喝，菜也吃了很少。"

她不说话。

沉默了一会，他先开口了："今晚搭我的车回家吧，顺路的。"

"不用了，"她望着远方驶来的一辆出租车，"看，车来了。哥，你们刚复合，好好陪陪她，别再把她丢了。"

她搭上车。车门关上的那一刻，她憋不住了。做演员这么多年，在最后一刻还是演不下去了。他们就这么结束了？他们之间这么多事，都过去了吗？或许是吧，但她就是不甘心。泪珠一颗一颗往下掉。窗外下起了雨，她突然想起之前他为她冒雨买药。他为什么要这么做呢？他们两个究竟是什么关系，值得他这么做吗？她终于发现原来自己也不知道到底和他是什么关系。

或许，真的要说再见了。

第二十八章　喜欢过？

第四季终于开拍，他们又见面了。之前在剧组打打闹闹的总是他们，但这次，打闹少了，多了几分沉默。

当林芋熙得知赵希璇和那拉在一起之后，不知道该说什么好。她不禁开始心疼韩叶枫了。这个女强人，从小到大什么事情都能由她做主，可为何这次就让别人抢了自己心爱的人。

这场戏是那拉和赵希璇在一起之后，韩叶枫请他们吃饭为他们庆祝。韩叶枫喝了很多酒。导演拿出一堆酒和一堆碗，让道具组把酒倒出来换上水。林芋熙呆呆地看着他们倒酒。直到倒最后一瓶酒时，碗不够了，导演正要去拿几个时，林芋熙跑过来，抢过酒，一瓶直接灌下去。旁边的人都在劝她不要喝那么多，她不听。常辉看见那边围了那么多人，就上前去看，结果发现林芋熙在捧着超大的酒瓶喝酒，他赶紧去抢酒瓶。林芋熙酒后力气变大，常辉抢不过来。

喝完一瓶，看似清醒的她拿起剧本，嘴里反复念叨那两句台词。包括常辉在内的所有围观者都很惊奇，这样还不醉？

“熙熙，你喝那么多酒干吗？”

“这样入戏更快！哈哈……”

“什么啊？”

“韩叶枫喝得比我还多，赵希璇不也就劝了两句嘛，你干吗抢我酒？”

“喝那么多对身体不好。”

“你管我……我乐意！”

“这怎么是乐意的事呢？”常辉担心地看着她，“这很不健康的！”

她盯着他，顿了一下，想站起来，一不小心没站稳，倒在他怀里。但她还是挣扎着站了起来，晃晃脑袋，说：“赵希璇，我韩叶枫从来不希望任何人管我，谁敢管我，我就……我就用暴力解决问题。我今天想喝就喝，不用你来管我！”说完又倒在他怀里。

一旁李茉茗看到了这一幕，问常辉：“她还好吧？”

“应该……”

林芋熙突然站起来大喊一声：“我很好！是不是要开拍了？”

“那就……开拍吧。”李茉茗回到原来的位置。

“熙熙，不行就休息一下。”常辉在她耳边说。

“赶紧拍，我已经有点入戏了！”林芋熙跌跌撞撞走到桌旁。

拍这一段戏过程中，他时刻注意着她，不让她摔跤。她却晃来晃去不想让他碰。

之后一场戏在河边。他不能入镜，只能在监视器后面关注她。李茉茗受命盯着她，防止她一不小心掉河里。当然如果她掉河里了常辉肯定第一个跑出来救她。

而林芋熙十分入戏，完全没有失控的样子。

“你真的不喜欢他吗？”

“我怎么可能喜欢你的男朋友！”她背过去，眼眶红了，顿了一会儿，她转过来大喊：“对！我是喜欢赵希璇！我就是喜欢他，你能把我怎么样？”

说完这句，她再也绷不住了，转过身，泪流成河，趁李茉茗的镜头时擦干了多余的眼泪，在镜头转向自己时露出了那一抹十分勉强的微笑。

拍摄完毕，她坐在凳子上，两眼放空。赵希璇，在那一刻彻底和韩叶枫没希望了吗？

常辉还是躲在监视器后面，不知道该不该走出去。

李茉茗走到监视器后面："这时候不应该出去安慰安慰她吗？"

"我不知道怎么面对她。"

"你和她接触时间那么长，她是什么样的人你还不知道吗？她和韩叶枫不一样，她需要你这个时候去安慰她。是我我一定第一时间跑出去。"

他顿了一下，跑出去，坐在她旁边。

"你今天怎么了？"

"我能怎么了？"她笑了笑。

沉默几分钟后，她慢慢开口："常辉，你演了赵希璇那么多年，你知道他在想什么吗？"

他很少听见她叫他大名，一般都用哥代称。

他愣了一下："应该知道吧。"

"那你知道自己在想什么吗？"

他彻底愣住了。或许他不知道。

"为什么要问我这个？"

"你喜欢过我吗？"

他沉默。

"连朋友之间的那种喜欢也没有吗？"

他继续沉默。他只听说过恋人之间的喜欢，朋友之间的喜欢是什么样的?他不知道。

“对不起，我把你问蒙了。你不想回答就算了吧，我先走了。”她含泪离开。

他对她，究竟是一种什么样的感情?

第二十九章　对不起，伤害了你

金色的阳光透过缝隙，洒进摄影棚里。常辉坐在桌旁，盯着剧本。林芊熙偷偷从后面窜出来。

“哥，好久没见你那么认真了，平时看剧本都嘻嘻哈哈的，今儿个怎么了？”

她好像失忆了。只记得拍到哪，不记得怎么拍的。

“你真的一点都不记得昨天晚上的事了？”

“我记得啊！我们拍了上一集最后一段。”

“还有呢？”

“还有什么啊？”

常辉愣了一下，什么也没说。

“不说算了，我去准备准备。”她打开自己的剧本，梳理了一下头发，“这一集有我们吵架的情节，让我先酝酿酝酿。你也是。”

这一集，他们绝交了。虽然只是短暂的绝交，却依旧让两人伤感。

常辉一直盯着剧本，就是因为不敢相信他们绝交了。

林芊熙说出那句话时，心理已经有准备了，忍住没哭出来。

但是，真的开拍，又有谁忍得住呢？

“赵希璇，你是谁啊，有什么资格做这些事丑化我？”她死死地盯着他，以至于让他觉得生无可恋。

“听我解释。”

“别解释了，没什么好解释的!”她含泪犹豫了一下，还是说出了那句话，“我们绝交吧!”

她转身就走，留下他站在原地。眼泪一滴滴夺眶而出。

从她的眼神中，他读出了一句话，赵希璇，你伤我伤得还不够吗？那一刻，他无法出戏。直到林芋熙过来拍他一下。

“哥，还在戏里？”

“呃……没有！我怎么可能这么不专业!”

“别装了！我都看出来了!”她露出笑容。

她常笑，但这一次，在他眼里却是久违的。

此刻，他特别想替赵希璇告诉韩叶枫：

“对不起，伤害了你。”

第三十章　许愿石的故事

剧组内停了一辆货车。

“哥，这什么节目，怎么还有货车？”

“即将会有很大一颗石头出现在你眼前。”

“这么大一颗？”

“对啊。没看剧本吗？”

“好像是韩叶枫想要一颗许愿石……”林芋熙扫了一眼剧本，“然后赵希璇冒着生命危险去抢了一颗？”

“你好像很惊讶？”常辉被她突如其来的一声大吼吓了一跳。

“生命危险……”林芋熙做沉思状。

“喂，想什么呢？”

“哥，你又要被人打了？”

“胡说，什么叫又……”

“你被一个壮汉打过，被一群日本兵打过，现在又要被群殴啦！”林芋熙大笑。

“是赵希璇不是我，再说看我被打很好笑吗？”常辉满脸无奈，“你还被大炸弹炸了呢！”

“哼！”林芋熙一脸不屑。

那场戏开拍前，常辉被叫去化了很长时间的妆。以至于林芋熙一直找不到他。

直到开拍，她慢慢睁开眼。他被化得遍体鳞伤。那一刻不知道为什么，她竟开始心疼。之前也拍过类似的戏，但当时只觉得很好笑。

这次不一样了，这次是感动的。看着他傻傻的不关心自己只关心她的样子，泪水不住地在她眼眶里打转。

他似乎一直在傻笑，那种不顾一切只为她的笑。

她哭着哭着，就笑了。

他却笑着笑着，就哭了。

拍完以后，她走向他。

“怎么被化成这样啊？”

“剧情需要嘛。”他擦干了泪，魔性地笑了笑。

“剧本上不是让你笑吗，你怎么哭了？”

“哪有……”他看着她还在不住往下掉的眼泪，“你停不下来啦？”

“什么？”

“眼泪。”

“有吗？”

“一滴接着一滴。”

“可能是困了打哈欠吧。”

他抱住了她。不知为何，眼泪突然停了。画面温馨美好。

“傻妹妹，别哭了。”他小声说。

她笑了。

月光洒进棚内，一切都是那么和谐。

第三十一章　这次，不要借位

这是一个傍晚，如往常一样，他们沉迷于拍戏无法自拔。

但让他们震惊的是，今晚有一场吻戏！

拍摄前林芋熙找到导演："导演这还是借位吗？"

没想到导演大方地摇摇头："当然不行啦！这是重头戏，不能借。"

"可是……可是……"

"有顾虑？"

"我怎么可以大大方方地吻别人的男朋友啊？"

"这就是你的顾虑？"

她点点头。

"很多演员都有另一半了，甚至还有孩子了，他们依然在演吻戏，甚至更大尺度的。这是你的职业，不要有顾虑。"万导拍拍她，"我们要三百六十度无死角拍，毕竟是重头戏。"

还有特写？她紧张地扶着桌子坐下。

这时常辉若无其事地走进来坐在她旁边。

"哥，你看剧本了吗？"

"当然看了。"

"那你知道下一场是什么戏吗？你还在这里若无其事地嗑瓜子！"她盯着他手里的瓜子，紧张地连气也不敢喘。

"知道啊，有什么好紧张的。"

就在他说话的同时，她注意到他手里的瓜子都被捏碎了。

为了缓解尴尬，他举起手中的瓜子："来几颗？"

"不要，我才不吃你的手汗。"

紧张气氛立马缓解了，常辉突然起身问导演要一瓶酒。

"干吗？"

"喝啊！"

"导演同意了？"

"同意啦，他给的。"常辉拿起两个杯子，"来点，壮胆。"

刚倒完，只见林芋熙一口闷。

"你慢点。"他又倒了半杯给她。

"倒满！"她看了看杯中酒，非常不满。

"不行，够了，对身体不好。"他把酒藏到背后。她无奈地喝了剩下的半杯。

他喝下酒，沉默了一会，突然问："和我拍吻戏那么难吗？"

她愣了一下，小声答："以前还好，现在难了。"

"为什么？"

"你已经名……名草有主了。"

"什么草？"

"就是……"她想了一下，决定沉默。

见她沉默，他便不再多问。

开拍前，她上了妆。口红本不影响吻戏，可不知道为什么，她就是有一种想擦掉的冲动。思考一会儿，她直接用手擦掉了口红，转身冲向他。

她很入戏，他也是。

他轻轻抚着她的头，像以往拥抱一样。她搂着他的脖子。双眼紧闭，享受这一时刻。

两人就这样吻着对方，直到导演喊卡。

彼此还回味无穷。

因为这可能是他们的最后一次合作了。这些年，他们一起走过的一段路，或许这就是终点。

他们注视着对方，哭着哭着，就笑了。

很荣幸，能借赵希璇和韩叶枫的名义拥有你，再见。

第三十二章　可惜不是你

他们有一段时间没联系了。这段时间发生了很多事。常辉和熊珺结了婚，准备出去度蜜月。林芋熙拍完戏决定出去旅游好好放松一下。

“吃点?”常辉拿起一个水果给熊珺。

“又吃啊!”熊珺接过水果，“你什么时候这么会吃啦……你都胖了。”

“我就想找个人和我一起变胖!”他又给熊珺塞了几个水果。

另一边，林芋熙也在吃水果。

“熙熙，你别吃了，这么些年没见你，怎么胖了那么多?”

“那也才九十八斤的体重，配上我的身高，我觉得挺合适。”

“可是你毕业的时候才八十八斤啊!”

“嗯，不要在意这些细节嘛。”

“到了到了!”朋友们一拥而下。

常辉望着远方，一辆巴士停了下来，下来了一群女孩。

“这个旅游团怎么全是女的?”正当他惊讶的时候，让他更惊讶的事发生了，他看见了一个熟人——林芋熙。

林芋熙下车四处看，完全没注意到海滩边的常辉。直到常辉跑到她面前。

“哥?你怎么在这?”

“我在和熊珺……度蜜月……”

“那不是婚后的事吗?”

“我们……结婚了……”

“婚礼办了吗?”

“办了。”

“我怎么不知道?”林芋熙惊讶地捂嘴。

“说来话长了。”

“常辉，干吗呢?”身后传来一个声音。

“噢，熊珺，这是林芋熙，上次见过的。”他尴尬地介绍着。

“噢，熙熙，过来一起玩吧。”

常辉惊了，一起玩?不会很尴尬吗?

他多虑了。她们两个一起玩，一点尴尬气氛也没有，而且完全无视常辉。一天结束了，常辉气鼓鼓地问熊珺:“你究竟是来和我度蜜月的还是和姐妹谈心的?”

“碰见熟人了，为什么不聊聊?”

第二天一早，林芋熙就去敲他们房间的门。

“熙熙，你一般不是起得很晚的吗?”常辉睡眼惺忪。

“我忘了问你了，你们婚礼都办了，我怎么不知道?”

“都上热搜了，我以为你知道了呢!”

“我好久没看微博了……你还把不把我当朋友，婚礼都不请我!”

“我……我也不知道啊!”他转身回房。

她也走进房间，坐在一旁的沙发上。熊珺一大清早去海滩了，他有大把时间可以和她解释为什么。但他沉默。

几分钟过去了，他终于开口了:“避嫌嘛。”

“避嫌就要避到连婚礼也不请我了吗?”她突然哽咽了一下，“那之后发生什么事都别通知我了，反正……避嫌嘛。”

“熙熙，你别生气，我错了。”他先正经后搞怪，“下次，下次一定请你！”

“下次？你给我好好爱珺姐！敢欺负她，我跟你没完！”韩叶枫上身的林芋熙大声吼他。

“好好好，答应你。”他魔性地笑了笑。

“来张合影吧！”

“去海滩？”

“好啊！”他们匆匆跑去了海滩。

傍晚，林芋熙躺在床上。久违的悠闲，她打开微博，看见了常辉结婚时发的微博。她转发了，并配上文字：哥，新婚快乐，百年好合！

发完就睡了。直到第二天早上，她打开微博，被齐刷刷的“可惜不是你”吓到了。她明明在祝福常辉啊！评论里这些话是什么意思？她打开那条微博下面的评论，让她怀疑是不是机器人在给她评论，每一个字都一样，齐刷刷地排着队，没有一个人评论别的话语。

是啊，这世上最让人感伤的一句话，莫过于可惜不是你。

第三十三章　生日快乐

“生日快乐！”众人陆续赶来常辉家。

“谢谢，谢谢。”常辉微笑回应。

四处张望，却不见林芋熙。

明明叫过了呀？常辉拿出手机正准备打电话，突然响起敲门声。他肯定门外不是林芋熙，因为她有钥匙。可是当他拨通她的号码，才听见门外一阵电话声，忙开了门。

“怎么不用钥匙啊？我不是给了你一把吗？”

“没……没带。”她犹豫了一下。

“这么晚才来，就等你一个了。”

她抱歉地笑了笑，走到一边去了。

她变了，在他面前她放不开了。

这时，常辉的妈妈走过来。

“哎哟，熙熙在呐，最近怎么样啊？又漂亮了呢！”

“嗯，谢谢阿姨！阿姨您也年轻了不少！”她露出甜美的微笑。

“哎呀，这孩子真好啊！”常辉妈妈满面笑容。

这时常辉路过，被林芋熙拦下来。

“哥，你妈很喜欢我啊！”林芋熙停顿了一下，“要不咱俩……”

常辉被这突如其来的停顿吓了一跳，呼吸心跳加快，人往后倾斜了十五度。

林芋熙凑上来，在他耳边喊了一声："结拜吧！"

他的害怕突然变成大笑。

"你认真的？"

"当然是认假的啦！"

"认……认假？"

"不行吗？"

"行，都行。"他无语一笑。

饭局开始，他面对的第一个问题竟然是：

"常辉，趁这个时候和我们说说你和你老婆的故事吧！"一个朋友起哄。

"讲一讲吧！"一堆朋友跟着起哄。

"其实，"常辉看了看熊珺，"我们之前分手过一次。"

"啊？"众人开始小声说话。

"但是！分手当晚我们就复合了。"

她原本只是呆呆地坐在位子上吃菜，却被这句话惊到了。

复合了？为什么迟迟不告诉她……

在他们之间萌生一点爱意的时候，突然公布这个消息，真的好吗？

曾经有粉丝问过她："整天和同一个人拍戏，不腻吗？"

她简单明了地回了五个字：戏假，但情真。

也或许他做得对，再晚就真的放不下了。

聚餐结束，她走到他身边。

"为什么不早点告诉我？"她笑了一下，一种难以捉摸的笑，"这不是好事吗？"

"那时候要演 CP，怕告诉你你入不了戏。"

“那为什么最后开拍前就告诉我了呢？”

“上一季不是正好那拉来了嘛……”

“韩叶枫喜欢赵希璇，赵希璇喜欢韩叶枫，这在剧中可能是不变的。”她慢慢走到门口，“但是现实就不一定了。我走了！”

“欸，熙熙……好不容易过次生日，一声生日快乐都听不到吗？”

她没有回头，却在微博上打下一句话：哥，生日快乐！要幸福啊！@常辉

第三十四章　零点的守候

他们的生日，仅仅差了一个月。

“喂！熙熙，明天就是你的生日了，想好去哪过了吗?”常辉来电。

“剧组旁边那个野鱼馆。”

“啊？这么草率?”

“又不是整十岁生日，过那么隆重干吗？我订了包厢，三〇二，有空来啊!”

“那肯定有空。”

“那就好。”她挂了电话，偷笑一下。

一切尽在掌控之中。她给他发了一条信息：把我家钥匙带上。

第二天，他如约来到野鱼馆。但他等来的，是她的官宣。

“这是我男朋友，刘澈。”

一样的语气，一样的表情，一样的姿势，简直和他当初官宣时一模一样。

而他，也和当初看他官宣时的她一模一样。

“澈澈，坐这儿!”她貌似完全无视他。

“那个……那个叫……刘澈！我敬你一杯!”

他举起酒杯一饮而尽，“好好照顾熙熙，她是我妹妹，敢欺负她别怪我不客气!”

“妹妹？你们结拜啦?”刘澈也一饮而尽，“放心吧辉哥!”

“对啊！怎样？”他霸气一笑。

玩笑当真了。林芋熙在一旁哭笑不得。

过了大概一个小时，林芋熙面带微笑站起来：“感谢大家来参加我的生日聚会，今天就这样吧！”

待大家都走了，她拉住常辉。

“和我去个地方吧。”

小河边，亭台上，初次合作的地方。

“带了吗？”她举起一把钥匙。灯光忽明忽暗，看不清这是什么钥匙。

“带了。”他猜测是她家的钥匙。

“交换吧。”她递过手中的钥匙。

“这是，”他凑近了看，“我家的钥匙……”

“你已经不是一个人了，我也不是一个人了。”她靠在围栏上，“我们本就不该有对方家里的钥匙。”

“好吧，”他接过钥匙，“给你。”

“干吗呢？”刘澈走过来。

“刘澈，方便……借一步说话吗？”常辉拉过刘澈，“我和你说点事。”

“哥你说。”

“还记得刚刚喝的什么酒吗？”

“红酒。”

“记住，这是熙熙最爱喝的。还有，她喜欢粉色，喜欢小动物，喜欢扮成一只小兔子。她也喜欢撑你，被她撑得无地自容的时候，也一定要让着她，她和你平时看到的韩叶枫不一样，她内心没有那么强大，也没有那么猛。”他说了一大堆关于她的话，“算哥对你的嘱咐吧！记住，好好对她。”

“放心吧，哥。”

“干吗呢？嘀嘀咕咕一大堆。”林芋熙凑上来。

“没事。”刘澈站到林芋熙旁边。

常辉凑到他耳边小声说：“牵住她的手，别放开。”

刘澈牵起她的手，她却不自然地笑了笑。

“小子，我看好你！”常辉看了看他们，转身离去。

“你没和他说我们是装的吧？”

“没有，放心。”

“那就好。”她松了口气。

前几天，熊珺找到她。

“熙熙，我能拜托你件事吗？”

“当然可以。”

“常辉这几天心不在焉的，帮我治治他。”

“我？”

“嗯，这两天我都有点不了解他了。你能帮我把他的心找回来吗？”

“嗯，”她思考了一下，“我试试吧。”

三天后，她因为工作遇见了刘澈。他们聊得很投缘，于是她就找了他。

“你真的放下了吗？”刘澈突然开口。

“放下了。”她看了看手中的钥匙。

给出去的那一刻，是她放下的那一刻。

“那你觉得……他放下了吗？”

“他……”她哽咽了一下，“他都没拿起来过，放下什么。”

“真的吗?”

“真的，我问过他。”

那天晚上的事，她都记得。

“那么……”刘澈笑了笑，“做我女朋友吧。”

“什么?”她愣了。

“我答应辉哥要好好照顾你的。”

刘澈帅气迷人，追他的女孩光娱乐圈都很多了吧。林芋熙思考了一下，爽快地答应了。

主要是，怕自己再拿起来。

回到家中，心情复杂。

她无意间打开微信，收到了很多祝福，唯独他是在那天零点准时发给她的。

他常这样，以前是微博，现在是微信。

可今后，应该不会了吧……

第三十五章　爱，就要放手

自那次以后，他们开始各过各的，像陌生人一样。在各自的微信里，对方都已沉底。

常辉在微博和朋友圈等社交软件上隔三岔五发表他和熊珺的甜蜜时刻。

林芋熙也时常和刘澈合照，但没常辉那么频繁，而且他们微博还没官宣。

时光飞逝，转眼一年。刘澈突然接到林芋熙电话："刘澈，我们官宣吧。"

"好啊，听你的。"

她打开微博，正要发，收到一条微信。

是一年没见的常辉发的。

"熙熙，能过来一下吗？"

她愣了一下，回了一句："怎么了？"

"我……"

"？"

"我知道现在不该找你的，但是……可能我现在最需要的是你。"

她沉思片刻，先是打出一句："为什么？珺姐不在吗？"然后清除，又缓缓打下一句："等我，我马上过来。"

她以最快的速度赶到常辉家门口，敲了敲门。

可是半天没动静。

“哥，开门啊！我来了！”她又敲了敲。

还是没动静。

不会出什么事了吧？林芋熙脑中闪过一系列不好的事，愈加着急，大喊了一声“哥”！

这时，门内传出沉重而缓慢的脚步声。

她松了一口气，但是接下来的一幕让她一阵哆嗦。

站在她面前的他，面色苍白，双目无神，头发乱糟糟的，狼狈不堪，再走进屋内，同样，满屋狼藉。

“哥，你和珺姐吵架啦？”林芋熙弱弱地问了一句。

“没有。”他小声说了两个字。

正当她松了一口气时，他又开口了：

“我们离婚了。”

刚松了一口气的她瞬间又紧绷起来：“什么时候的事？”

“上个月，”他苦笑了一下，“这一个月我哪也没去，在家喝酒。这不，一个月，酒柜又空了。”

“不能这样喝，对身体不好。”她刚说完，突然发现这句话有点熟悉。

“我爱了十几年的人，就这么……”

“为什么呢？”

“她喜欢旅游，我喜欢宅家。”

“就为这个？”

“爱情和婚姻不一样，爱她，有时就需要放手，”他低下了头，“所以，是我提出的离婚。”

“你以前不是和我说，你愿意陪她一起去的吗？”

“她是圈外人，比我自由。”他闭上眼，摇摇头，“我不可能每次都陪她。”

“你是不是后悔了？”

“没有，怎么可能？”他挤出一抹微笑。

“家里乱七八糟的，整理一下？”她一眼看见一个瓶子碎片，“你喝酒干吗摔瓶子啊？”

“我……喜欢！”他突然有点神智不清。

“哥？”

他竟然睡着了。

“服了你了。”她轻轻推了推他。

接下来她开始大扫除。她独自一个人干了一天才打扫完。

“哥，醒醒。”

“啊？”他睁眼一看，家里已经整整齐齐。

“外面垃圾自己倒，我先走啦！”她拿起包转身就走。

“熙熙！”他叫住她。

“怎么啦，哥？”

“就今晚，陪陪我。”

“你还要人陪啊？”

“我们俩也好久没见了，你不想陪我聊聊天吗？”

“不了，你这刚离婚。”

“你坚持，我也没办法，”他慢慢走过来，“我就问三个问题。”

“你问。”

“你喜欢过我吗？”

“我……”她迟疑了。

“两年前你问过我这个问题，我没有回答，”他笑了笑，“现在我承认，我喜欢过。正如一个网友所说，一天二十四小时，我大部分时间都在演着爱你，你说会不会有一瞬间，我动过心呢？”

“我……我也是。”她弱弱地回答。

“你放下了吗？”

“放下了。”

“什么时候。”

“去年我生日，给你钥匙的那一刻，是我真正放下的那一刻。”

“好。三个问题，说话算数，你走吧。”

她立刻头也不回地走了。

回到家，已是晚上九点二十三了。她瘫在沙发上，拿出手机打出几个字“好久不见。@常辉”，并附上一张两人在拍戏时的合照。

三分钟后收到常辉微信。

“瞎发什么，评论都是《心系彼此》疑似再度合作。”

“好玩，不回一个吗？”

“好吧，让我想想。”

九点三十一，她收到了他的回复：

嗯，照顾好自己。再见。

“这个再见是什么意思？”

“仔细想想，你懂的。”

她思考了一下，笑了笑。

在他还没有放下的时候，突然发现自己已名花有主。而这个“再见”，真正给他们之间的那一点点爱情，画上了句号。

第三十六章　拖累

那篇微博并不会引起很大的轰动，只是一些网友发现他们时隔一年突然互动，但也没有深入猜测。

常辉没有公布自己离婚的消息，没有人知道为什么。

终于在一个月后，许多网友扒出常辉疑似离婚。他不知所措，干脆什么都不做，当这些帖子和热门不存在。

好久没有联系的刘嘉敏突然来电。

"常辉，你去看看熙熙吧。"

"她怎么了？"

"这时候不去将来她会恨你的。"

"啊？"

"离婚了干吗不公布？好玩啊？"

"我……这和熙熙有什么关系？"

"谣言害死人啊！"

几天前……

正当刘嘉敏站在阳台悠闲看书时，突然响起敲门声。

"嘉敏……"

林芋熙眼中布满血丝，还含着泪，脸色苍白，黑眼圈很重。这让刘嘉敏大吃一惊。

"怎么了你？谁惹你了？"

"我什么都没做……我不是小三……为什么会这样？"她不断说着胡话。

“什么小三不小三的，快擦擦。”刘嘉敏递过一张纸巾。

“他们没证据……他们没证据……凭什么这么说我……凭什么？”她低下头，眼泪不住流下，“就因为我们在他离婚后见面了？”

刘嘉敏一脸蒙，突然意识到自己已经好久没看过微博了。打开微博，热搜第一条：常辉疑似离婚。

她不解：这和熙熙有什么关系？于是继续看下去，第七条：常辉婚内出轨对象林芋熙。

“你们做什么啦？干吗这么说你？”

“我……我什么都没做……相信我啊嘉敏！我真的什么都没做！”

“我肯定相信你，我只是想了解一下事情嘛……”

林芋熙神色迷离，什么也没说。

“事情就是这样。”刘嘉敏喝了口水，“常辉，你离婚就离婚呗，干吗拖累熙熙？”

“我没想拖累她！”常辉开始急了，“我怎么知道会变成这样！”

“你先别急，要是你真不想拖累她，希望自己这个妹妹以后都能好好的，就赶紧公布这件事，然后再娶一个。”

在一段沉寂之后，常辉缓缓开口：“不行，不能这样。”

“为什么？”

“我公布之后，肯定会有更多人攻击熙熙。”

他突然想起一件更重要的事。他打开一个上了密码锁的小箱子，里面全是他和林芋熙过去的照片和有纪念意义的东西，他翻出一把钥匙。

当年给出去的那把钥匙，并不是唯一的一把。

常辉戴上帽子、墨镜、口罩等一系列东西，把自己裹得严严实实的，狂奔去她家。

她家门没锁。他小心翼翼地进门，到处找她。

她蜷缩在一个角落，目光呆滞。见他来了，她把头转过去不想看他。

“门都不锁，不怕进贼吗？”

她沉默。

“热搜的事我知道了……”

她的眼泪紧接着就掉下来。

“是哥对不起你，哥错了。你能原谅哥吗？”

她看都不看他一眼。

“哥伤害了你，也不知道怎么弥补……或许弥补不了了……你看我一眼好吗？”

“伤害我的人多了，你算老几。”她撇撇嘴。

“你打我吧，我心里会好受点。”

“我干吗要你心里好受，打你能消除网友的言论吗？”

他坐在她旁边。她往一旁挪了挪。

“你就不能靠我近点吗？”

“现在想和你离十万八千里。”

不知不觉，到了夜里。还是那轮明月，还是那两个人，可关系却不一样了。

“熙熙，看看窗外，月色真美。”他往她那儿靠过去。

她还想再挪挪，可是已经靠墙了。

“还记得以前吗？我们一起在月色下拍过多少戏？”见她还

是一动不动，他伸手搂住她。

她不自然地哆嗦了一下。

“抖什么，我是你哥，会对你动什么歪脑筋?”他笑了笑，“哥不会忍心看你受伤的。等着，总有一天大家会还你清白。”

“我等不了，不想等了，”她终于开口，“我能退出吗?”

“别逗了，哥把你带进来，绝不允许你因为我出去。”

“这个圈子实在太乱了，我待不下去了。”

“是不是不相信哥?”

“我……”

“不会让你等太久的。”

“我等不下去了，我现在看到的微博是‘放下吧，别当小三’，看到的朋友圈是‘熙熙，你真是小三吗’？我还有什么脸混下去。”

“再忍忍，这几天你就两耳不闻窗外事，过几天就好了。”

“出轨是大事，这个话题的热度十天半个月不会下去的，”她瞥了他一眼，“你今天又来我家，明天热度只会更高。”

“放心吧你。”常辉拿出一张纸，“过几天先去拍这个，你我还有沈义重。”

“这个我知道，所以我才又发了一条微博@沈义重，但他没回我，不知道在干吗。”

“沈义重你知道的嘛，隐居者。”

她笑了笑，又两眼放空。

“又怎么了?”

“真的要拍吗？现在？我们两个?”

“通告都排好了，拍完我还要拍个广告呢!”

“哥，够乐观……”

“你放心吧，就算我的热度下不去，你的热度我一定会帮你弄下去。”

“他们还会再评论‘放下’吗？我该放下什么？早在一年前我就放下了我们之间那一点点爱情，现在又要我放下，放下友情吗？”说着说着，眼泪跑了出来。

“什么都不用放下，会过去的。”他慢慢站起来，“睡觉吧，我走了。晚安。”

“晚安……”她愣了一下，笑了。

第三十七章　替代

常辉果然遵守了承诺。短短一个星期，她的热度就下去了，热门话题换成另一个女孩。

“哥，郑梓芯是谁？”

“我女朋友啊！”

“这么快？”

“哪里？事情是这样的……”

郑梓芯和他几个月前拍戏时就认识了。那时候他像普通朋友一样对她，而她心里对他十分喜欢，因为当初他没有离婚而不敢表露心声。

得知他疑似离婚，并且竟有一个小三，她认为自己还有机会，当天从北京飞到上海。那天常辉正好在林芋熙家，于是她就一直等到晚上。

“欸，梓芯？”

“常辉你终于回来了！”

“你怎么来了？你不是在北京吗？”

“我坐飞机赶过来的呀！”

“赶过来干吗？”

“看你呀！”她凑上来，“网上的传闻是真的吗？”

“真……什么？哪条？”

“你离婚那条。”

“真的。不过小三那条是假的。”他想要挽回熙熙的颜面，却没想到对方心里是另一种想法。

“那我……我可以追你吗？”她眼里充满期待。

“这……”常辉愣了一下，“你不怕被骂吗？现在谣言四起，熙熙都想退出了。”

“我不怕，只是有一个小要求。”

“你说。”

“余生都要陪着我，不许离开。这些骂名我不能白背。”

“你真的愿意和我在一起吗？我其实没你想得那么完美，而且这刚离婚的……我不想影响你的名誉。”

“那熙熙的名誉就可以影响啦？”郑梓芯竟能直击常辉痛处，“我很好奇你为什么闹到这种地步还不公布离婚。”

“我开始是不愿意接受和熊珺离婚这个现实的，后来让熙熙来安慰我，等我快想通的时候熙熙已经被骂了，导致现在一发不可收拾，”常辉接近崩溃边缘，“你能理解我的痛吗？”

“没事，我来解决。熙熙是个好演员，她演技比我好，不能因为这事白白损失这样一个好演员。如果你愿意和我在一起，我来替她吧。我们俩都是二婚了，熙熙都没结过婚，她不能毁在这儿。”

常辉突然有一种感觉。这种感觉，在第一次见到熊珺和第一次见到熙熙时出现过。或许这就是心动吧。

说到这里，常辉笑了笑。

“我天，”对面突然传出大叫，“哥，你这是上辈子拯救了银河系，还是这辈子走了狗屎运？”

“前半句还挺好听，后半句怎么就那么别扭呢？”

“这么漂亮的女孩子做你的老婆？还心甘情愿？”

“羡慕吧？等等……你这话什么意思？我长得不好看？开玩笑我以前可是校草啊！”

“以前还凑合……现在，校草是没看出来！”紧接着一阵哈哈大笑。

“你现在……很高兴吧？”

出事之后，好久没见她这么高兴了。

“让这么漂亮的女孩子替我，你也忍心……”

“她说只要我愿意陪她一辈子……总之她是我们的恩人！”

“你这次不会再反悔了吧？”

“不会的，我发誓……”他笑了笑，又装出一副可怜巴巴的样子，“只是……我没法去你婚礼抢婚喽。”

“谁要你抢，我求你把我送出去！”

“那不可能，你爸把你送出去的那一刻，我会捂住眼睛哦！”

“为什么？”

“哥不忍心啊！这么好的妹妹就这么给别人了……”

“我是东西啊？给来给去的。”

“你不是东西。”

“嗯？”

“不不不，你是东西……到底是不是……”这千古难题竟绕到他们身上了。

“不管我是不是，总之以后梓芯姐要帮忙尽管找我，我一定尽全力！”

这场出轨风波就这样离她越来越远。一个长相、声音各方面都很甜美的女孩子替代了她。

几个月后，他公布了离婚。常辉出轨郑梓芯这条热搜热度一路上升。

又过了十几天，常辉实在受不了网上谩骂郑梓芯的时候，他终于开始认真对待网友言论，录了一段音频。音频不长，但是声音哽咽，十分让人心疼。仍有很多网友不依不饶，说他是演员，这很容易。

但是他们错了，短短两句话，句句发自肺腑，没有半点演的成分。

到了实在看不下去的地步，林芋熙发话了。

“人都有犯错的时候，我相信哥不会再犯了。求求大家不要再这样对他了，好吗?”

本是已经过去很久的出轨事件，她又为此发声，只因网友骂声太激烈，她忍耐已经不是一天两天了，都没有勇气说话。

今天，她说出来了。她本以为会有人开骂，可是出乎意料的全是支持者。

这世界的人是有好有坏，但明眼人一定是最多的。

做个明眼人，杜绝伤害无辜者。

第三十八章　祝你们幸福

不知过了多久，出轨风波彻底过去了。他们的生活安定下来。常辉有了自己的家庭。而林芋熙则继续过着自己的生活。

再次联系又是一年后了。

“熙熙，能帮我个忙吗?”

“你说。”

“梓芯生了个女孩，你知道吧?”

“知道，看你微博了，恭喜啊哥！当爸爸了!”

“谢谢……”他的语气非常沉重。

“你好像不大高兴……”

“艾艾出生后，有很多人又挑起一年前的事来骂我们，还有人骂艾艾。”

“啊?”林芋熙愤愤地站起来，“都过去一年了，还不依不饶的。关键艾艾还是个孩子啊!”

“所以我才找你帮忙啊!”

“说吧，怎么帮?”

“我们一起上个综艺，提一下《心系彼此》，这样话题就能转移到旋风 CP 重聚上了。”

“没问题!”她爽快地答应了。

节目中，他们俩面对面坐。

她静静地坐着，看着他讲述梓芯怀着艾艾时的那些事。

“好想知道艾艾现在怎么称呼熙熙。”一个问题唤醒沉浸在美好中的她。

“这个……”她突然语塞。

“艾艾现在还不会说话呢，怎么叫啊？”常辉开口帮她解围，“到时候等她学会了，我教她怎么叫姑姑。”

“那熙熙你眼中的常辉是什么样的呢？”

她沉思一会，眼前这个人，她曾经再熟悉不过了。可现在，网上流言蜚语不断，她发现自己对他逐渐陌生起来。

“常辉，”她望着眼前这个充满期待的男孩，“他其实是个非常为自己身边的人着想的人。现在网上传的那些乱七八糟的东西都不是真的。我能加入《心系彼此》剧组，和他有很大关系。他是典型的刀子嘴豆腐心。”

他也望着她，手开始不自然地做起小动作。他在掩饰，掩饰自己内心的感动。眼睛早已湿润，却不敢让眼泪流下来。

见他眼泪即将落下，她便停止发言，陷入沉思。

“婚后的生活如何呢？”

主持人成功拉回话题。

看着他满面微笑地谈着婚后的事，平时喜欢互撵的她竟完全不想插嘴。

他现在很幸福，对吧。

他的生活里完全可以没有她。

或许是自己从前太痴情了。

回到家中，她不自觉地打开微博，翻着从前他们的点点滴滴。

这些都没有什么用了吧。

一条接着一条，她按下删除键。

今后的生活，与他没有任何牵扯。

那条评论里都是“可惜不是你”的微博，她默默地点开了评论区，指尖划过屏幕，满眼只有这句话……

她笑了笑，最后还是按下了删除键，并下狠心对他取消关注。她并没有料到第二天的热搜会是“林芋熙取关常辉”。

他很幸福，不会再去关注这些东西。

正应了那句话：“你的幸福生活里，不该有我。”

没有我的日子里，祝你们幸福！

第三十九章　最后一次合唱这首歌

“因为爱情……”常辉读出卡上的歌名，“谁和我抽的一样的歌？”

“我……”林芋熙亮出卡片。

“真是你们俩？”在场的人们都惊呆了。

他们对视了一眼，又看了看歌名。

这首熟悉得不能再熟悉的歌里包含了多少意义……

“熙熙，晚上出去吃夜宵吗？”

“去呀！走吧！”

“这么爽快？女艺人不用保持身材？”

“我又没到二百斤，我才一百一十斤。”

“你都一百一十斤啦！我不在你也没少胖嘛！看来你胖和我无关。”

“谁说的！之前就一百零五斤了！你不在的时候我只胖了五斤！”

“那我在的时候呢？”

“从认识你到现在我胖了二十多斤，你还有脸问！”

“不能找个老婆陪我一起变胖，那就找个妹妹喽！”

“走开。”她苦笑。

“我们有多久没像现在这样聊天了？”

“很久很久了吧。”

“你说……这次唱这首歌会不会是最后一次？”

“也许是吧，不会再有下一次了。”

“你觉得《心系彼此》就这么完结了吗？”

“不知道，没看完。”

“为什么不看完？”

“只要我没看完，它就一直没有结束，”她嫣然一笑，望向窗外，“今天的月亮不是一般的圆啊。”

“下周会更圆。”

“为什么？”

他沉默着。

两人相视而笑，一齐望向窗外。

下周，将是他们最后一次合唱《因为爱情》。

那晚，她重新对他点了关注。在她眼里，这是一个崭新的开始。

在排练厅里，他们依旧打打闹闹。

而在场上，他们出奇的认真。

她的着装十分复杂，稍不留神头饰就会掉下来。他时刻关注着她。上评分台时，细心地护着她站上去，自己再站上另一个评分台。

他搂着她看着评委团，她丝毫没有躲闪的意思。

或许这是最后一次搂着她了。

第四十章　回归

众所周知，林芋熙不是表演班毕业的。她只是被常辉“诱骗”去演戏了而已。

而现在，她天天看着他晒娃，在屏幕前露出微笑，偶尔也去看看艾艾，但不常去。

终于，在那次演唱《因为爱情》后，她与音乐公司签约，正式开启自己的音乐事业。

“熙熙，第一次出专辑，自己写两句。”

“啊？我不会写歌。”

“你会的，这歌的主题是初恋，你一定有过吧？”

“这个……”林芋熙回忆起高中，“单相思可以吧？”

“最好还是双方的。”工作人员苦笑一下。

林芋熙陷入沉思。从小到大，不是她追别人没追到，就是别人追她没追到。就连刘澈她都没有太大的感觉。

拿起纸和笔，她突然想起一个人。

常辉算吧……

从路灯下的相遇，到相知相熟，再到现在回归陌生，只用了十年时间。

回想曾经……

那个温柔的“摸头杀”，无数次的牵手，无数次演唱那首歌。即使下雨也会为她买药，即使当天往返也要来看受伤的她。

“他付出的，她付出的，从未有过承诺，亦从未有过怨言。

说没喜欢过是假的，说有可能在一起也是假的。有过曾经，就够了。”

这是她的第一首歌，也是她音乐之路的起点。

你走远了，我便可以回归自己喜欢的领域了。

第四十一章　再次合作

夏夜，依旧非常炎热。

正当大家都冒着热汗的时候，一个声音让常辉冒了一阵冷汗。

“常辉！”

这个声音熟悉又陌生。是熙熙吗？她对我的称呼怎么变了？

“干吗呢？”女孩跑到他面前。

正是熙熙。

“啊……熙熙……又合作了……”

“嗯，为什么我在这部电影里死了？”

“我不也死了吗？”常辉看了看剧本，“这电影里主角都死了。”

常辉往前翻了翻，看到一个重点：女主死在男主怀里了……

“熙熙，你漏掉一个重点，你‘死’我怀里了。”

“这……是重点？”

“不是吗？”

她沉默着离开了。

常辉，你漏掉了一个更大的重点。

影片中表白的话是“晚安”。

那一段开拍，她无比淡定地倒在他怀里。

而他看着她，什么话都说不出来。

那一刻，一切都是真实反应。

“晚安……”她艰难地说出那两个字。

入戏太深的他竟忘记了要说什么。

直到熙熙一声：“说话呀你！”唤醒梦中人。

“说……说什么？”

“叫我名字啊！”

“你名字……熙熙……”

“戏中的！”林芋熙拍拍他的脑袋，“你是不是失忆啦？”

“噢——”他甩甩脑袋。

接下来接连好几次出错，或是表情不够到位。

“常辉，想我在你怀里躺多久啊，你不累我都累啊！”

“放心，这次一定没问题！”

你累了，那我就认真点儿。

果然过了。

“常辉，你可以啊，前面干吗扭扭捏捏的？”

“你不是躺累了嘛，下一段站起来活动活动。”

林芋熙满脸无奈。

没错，她又复活了。

剧情够狗血。

第四十二章　晚安

晚安是什么？

或许很多人心中都认为这只是一句问候。

其实晚安还有一种意思。

晚安——wan an——我爱你爱你，是一句很浪漫的情话。

当记者在采访全组所有人时，问出了这样一个问题：

“你认为世间最美的情话是什么？

所有人都答了一段话，唯独熙熙只说了两个字：“晚安。”

短短两个字，包含了无限含义。

他离开那夜，一句晚安。

剧中，以晚安表白。

以及采访过后，最后一次微博互动。

她刷着微博，刷到了他的电影宣传照。

她淡淡一笑，在评论中打出这两个字。

“晚安。”

这是他们最后一次微博互动。

再见，晚安。

第四十三章　我们的“婚礼”

“什么？《心系彼此》还没完结？”林芋熙拿着通告愣了一会，“那我们上次的结局……”

她立马打开电视，把没看完的《心系彼此》看完，发现结局被剪掉了。

“上一季的结局竟然是个坑……”她不得不惊叹万庄的脑洞如此之大。

还没缓过来的林芋熙又发现一个问题：常辉不在主演表里。

疑惑之下，林芋熙立马打电话给常辉。

“常辉，为什么你不是主演？难道……赵希璇和那拉在一起了？”

“放心吧，不可能的事，”常辉抱着艾艾坐在沙发上，“艾艾，叫姑姑。”

“姑姑好！”对面传来甜美的声音，“韩叶枫！”

她笑了笑。

艾艾和梓芯一样，长相可爱，说话甜美，还有着常辉的搞笑天赋。

“真可爱。姑姑下次来给你带小礼物，好不好？”

“好！”艾艾跑到沙发上跳着自编的舞。

“艾艾过来，让爸爸亲一口。”

“不！”艾艾疯狂摇头。

“亲一口嘛！”常辉试图抱住上蹿下跳的小艾艾。

“姑姑救我啊!”艾艾大喊。

“常辉，你又欺负艾艾。”林芋熙又好气又好笑，“艾艾别怕，姑姑教训你爸。”

见爸爸还不收敛，艾艾直接倒在沙发上大哭。

“好了好了，不亲就不亲，不哭了，不哭了。”常辉赶忙去安慰艾艾。

“真是个好爸爸，整天捉弄女儿。”林芋熙调侃他。

“艾艾，看，姑姑骂爸爸，咱们去欺负她好不好?”

“好。”艾艾瞬间不哭了。

“那走。”

“不，”艾艾拉住他，“我是说姑姑骂得好。”

常辉满脸无奈地盯着那个发出笑声的手机。

“姑姑，我想问个问题，”艾艾捧起手机，“臭爸爸答不上来。”

“欸，艾艾过分了啊……”常辉抱起她放在腿上。

“问吧。”林芋熙笑得前仰后合，一时间缓不过来。

“赵希璇和韩叶枫什么时候结婚啊?”艾艾思考状。

“艾艾，小小年纪懂不少啊!”

“那当然，也不看看是谁女儿。”常辉自豪起来。

“不远了，明年肯定可以。”

“姑姑什么时候来看艾艾啊?”

“随时啊，艾艾想要什么礼物?”

“圣诞树!”艾艾举起手机大笑。

“还没到圣诞节呢!艾艾，挑个小一点的。”

“小兔子。”

“对了熙熙，上次上节目赢的小兔子玩偶可以送给艾艾吗?”常辉突然插嘴，“艾艾好像一直想要。”

“没问题呀，艾艾喜欢就行。”林芋熙突然反应过来，“好啊常辉，自己女儿喜欢都不买。”

“我是说要买，但艾艾说想要你的。”

“嗯。”林芋熙尴尬而不失礼貌地笑笑。

时光转瞬即逝，几个月就这样过去了。

“熙熙!”正当林芋熙在准备自己的最后一场戏时，这个熟得不能再熟的声音浮过耳畔。

“常辉，欢迎回来!”她转身对他一笑，继续准备自己的戏。

“这么冷漠吗?”他竟无言以对。

明天，看你怎么犟。

没错，第二天，便是韩叶枫和赵希璇的婚礼。

“熙熙，干吗呢?”转眼到了第二天，常辉大步踏进化妆间。

“哟，常辉，今天这么端庄。”

“那当然，结婚嘛。”

“搞的和自己结婚一样”林芋熙苦笑。

空气突然安静了两分钟……

“熙熙，今天……算是有纪念意义的一天吧。”

“嗯。”她看着剧本心不在焉地哼了一声。

“你能不能再叫我一声哥啊?”

她沉默。

见她一直没有回答，他只好默默走开了。

这个“婚礼”，真的很像他们自己的婚礼。场下一排排人海，前几排坐的是剧中的亲人，后面一大半都是两人邀请的亲朋好友。

只为与大家共同见证这一时刻。

是他们的“婚礼”，或许更是两人的最后一次合作。

之前所有的最后一次，都不如这次重要。

他们相视而笑，一句“我愿意”，为“旋风”画上句号，也为他们画上句号。

最后一餐杀青饭结束，远处的路灯下，她在等他。

“什么事啊，还单独找我。”

“你开车了吗?”

“开了。”

“最后送我一次吧，你愿意吗?”

“当然，上车。”

这一路竟没了从前的那些欢声笑语。车内安静得可怕。

“到了。”他上车后说的唯一一句话。

她没有第一时间下车，而是沉默了一会，转头望着他。

“哥，再见，晚安。”

第四十四章　平行世界

据说在浩瀚的星海中，有另一个平行世界。在那里，我们会看到另一个自己，或许另一个自己在过着不同的生活。

十年时间，我们看到了林芋熙和常辉从陌生到熟悉，再到陌生。那在另一个平行世界，他们还会这样吗？

或许他们会一直处在熟悉状态，抑或他们根本不会相遇。

“如果有一台机器，可以穿梭到平行世界，我会第一个坐上去。”来自林芋熙和常辉的闲聊。

“为什么？”

“我想看看另一个世界的我在干什么，和现在的我有什么不一样。”

所有人都有这样的想法，想看看另一个世界的自己活得比自己好还是差。如果好，那自己要更努力了；反之，可能会很庆幸。

当然，相信很多“熙辉迷”会有另一个想法：想去看看另一个世界的他们关系怎么样。

另一个世界的东西我们谁也不知道，大家都可以无限遐想。

那就让我们穿梭到另一个平行世界一探究竟。

平行世界，二○○七年。

母校熟悉的操场被月光笼罩着。星星仍在天空眨眼，一切都是那么和谐。

男孩悠闲地走在操场上，女孩抱着材料急匆匆地跑向他。

与现实世界不同的是，撞倒之际，男孩伸出手抱住了她。

“没事吧？”

“没事。”女孩赶紧后退了几步，抱歉地笑笑。

“这么晚急着干吗去啊？”

“尚老师让我去送份材料。”

“我来吧，我认识尚老师。”他打断她。

“谢谢，我叫林芋熙，大一新生。”

“常辉，大四。”

风吹叶落，你会一直在我身边吗？

“常辉、林芋熙。”

如果真的有幸让你们看到了这本书，答应我一个小小的要求：

不要那么刻意避嫌了，互动一下可以提升幸福指数。

祝你们友谊长存!

作者的话

好啦，本书到此结束啦，请把手中的爆米花、薯片全部吃光，否则太浪费啦！

喀喀，开个玩笑。

看到这里，大家一定能猜出“常辉”和“林芋熙”的真实身份了吧！没错，常辉、林芋熙，还有本书出现的其他人物都不是我虚构的。

可能我写的会有所夸张，因为我也只是一个小粉丝，并不知道他们之间真正发生了什么，但是大多都是按照平时采访写的。

曾在常辉的书里看见：如果女朋友问你，“如果我生病了，你怎么做?”

一般人会回答：“就……多喝热水喽。”

而真正爱你的人会回答：“下楼。”

我想很多人都知道为什么下楼，但我却第一时间联想到了“冒雨买药”那件事。

再说到“出轨”事件，真实经过只有他们知道，不过我相信“常辉”没有做过这种事。但是别人不信啊，几天前我还看见有人因为这件事骂他，都过去这么久了，还不依不饶的。这种事过去就过去了，真正的事实只有他们自己知道，或许“出轨”事件只是谣言，因为一条谣言而揪住不动，对谁都没有好处。如果不是，也过去这么久了，再翻出来有什么意思呢?

最后，感谢出版社，感谢妈咪支持我出书，让这个快被人遗忘的故事重现人们眼帘。也感谢所有和我一样的“熙辉迷”提供的素材。

谢谢大家支持!